放牧
一朵云

积雪草———

著

山东城市出版传媒集团·济南出版社

图书在版编目（CIP）数据

放牧一朵云/积雪草著. —济南:济南出版社，
2021.9
（暖时光）
ISBN 978 – 7 – 5488 – 4799 – 1

Ⅰ.①放…　Ⅱ.①积…　Ⅲ.①散文集—中国—当代
Ⅳ.①I267

中国版本图书馆 CIP 数据核字（2021）第 190052 号

放牧一朵云　FANGMU YIDUOYUN
作　　者　积雪草

出 版 人　崔　刚
图书策划　史　晓
责任编辑　史　晓　张冰心
特约编辑　陈　新　刁彦如
封面设计　薛　芳
出版发行　济南出版社
地　　址　济南市二环南路 1 号（250002）
印　　刷　济南万方盛景印刷有限公司
版　　次　2021 年 9 月第 1 版
印　　次　2021 年 9 月第 1 次印刷
成品尺寸　165mm×230mm　16 开
印　　张　8.5
字　　数　81 千
印　　数　1 – 5000 册
定　　价　42.50 元

（济南版图书,如有印装错误,请与出版社联系调换,电话:0531 – 86131736）

迟开的花朵

我喜欢茉莉，在阳台上养了小小一盆，插枝、长须、生根，好不容易活了，却是小小的一枝，看上去纤细、羸弱，几片油嫩的绿叶，虽不是生机勃勃，但到底是活了下来。

我惊喜万分，每日浇水、施肥，喂营养素，精心侍弄。这花倒不辜负我，只用了一两年的时间，便长得郁郁葱葱，小树一般。高兴之余，我发现一个问题，这株茉莉虽长得好，但从来没开过花。到了花期，它沉默不语，一点没有要开的意思，像一个入定的老僧，淡泊、宁静、不做他想，任凭别的花儿开得喧哗热闹，它却不为所动。

我吃不准这株茉莉的心思，跑去问学植物的朋友，他说："草木最有灵性，有自己的节奏和规律，迟几天怕什么？到了开花时，自然就开了，这事儿急不得，急不得啊！"

我悻悻而归，等啊等，等花期过了，等别的花都谢了，等得没有耐心了，这株茉莉终于有了动静。有一天早晨，我惊喜地发现，阳台上的茉莉花开了，白色的花苞、绿色的花托，花朵虽小，能量却大得惊人，满屋都是茉莉花香，袅袅蔓延，沾满我的发梢，沾满我的衣裳，我的身心都沾染了茉莉的香。

花朵是植物的高光时刻，什么时候开花都不晚。想来人也是如此吧！想做一件事情，什么时候开始都不晚。

我想学写毛笔字，我喜欢簪花小楷的清秀婉丽，如瑶台上翩翩起舞的簪花女子，灵动不失优雅。

有人泼凉水，都这么大年纪了，腕力虚浮，眼也花了，手也抖了，又没有童子功，和自己叫那个劲干吗？又不会成为书法家，还能指望这个吃饭啊？

真的是凉水，兜头浇下来，有点冷，但也坚定了我的心志。可能终其一生，我都学不会，也写不好小楷，可是有什么要紧呢？喜欢就足够了啊！

最初出发的时候，每个人的内心深处都会有点小理想，努力往前走，管它什么时候开花，什么时候结果，那不是我们的事情。能开花当然最好，就算不开花，长几片绿叶好啊！

这几年，我想做的事情很多，学唱歌，学画画，学普通话，学太极拳。我知道我唱歌跑调，画画没有天赋，语言匮乏，成为江湖大侠就更不可能了，因为肢体不协调。可所有这些并不妨碍我的喜欢和坚持，在别人的目光里按自己的节奏和音符行走。

一树的花，一天的云霞，那是我的方向，就像阳台上那盆小小的茉莉花，一直走，一直走，走到开花。

我只想按照自己的本心去活，活得像自己，向前走，一直走，不回头。

对了，告诉你一个小秘密，迟开的花朵也香！也美！

秋雪草

2021 年 9 月

目录

第一辑 向着明亮那方

第六辑　春天，一只蚂蚁上路了

第一辑

向着明亮那方

读书给花听

春光明媚，鸟语花香，春天猝不及防地扑面而来，我在家里待不住了，裹着外套，跑去郊野踏青。

田野满是春色，眼睛不够用了，脚步也收不住了，在家里憋屈了一冬，此刻，我仿佛是一只刚刚被放出来的小鸟，心情一下子舒畅了许多。走累了，我便不管不顾地坐在长椅上休息，闭着眼睛，享受春风拂面，享受阳光抚慰。

我坐在长椅上闭目养神，惬意地晒着阳光，闻着花香，忽然听到一阵悦耳的朗读声，抑扬顿挫，声情并茂，有节律，有韵味，声音优美动听，如风抚过琴弦。隔着密密的蔷薇花丛，虽看不见人，但能听到声音，让人心动不已，不由得感叹：这是谁家的女娃，读得这么好听！

我坐正身子，静静地听着，甜美的声音中略带一点稚气，我猜想，大约是一个十三四岁的小姑娘吧！或许她正在上中学，只因喜欢朗读，所以一个人跑到野外，对着山水尽情宣泄，对着花草大声朗读。这也是一种享受吧！

四周静悄悄的,游人不多,美丽的花朵、新绽的绿叶、茵茵的小草、树上的飞鸟、静默的大地和天空,还有石头底下的小虫子,它们都在和我一起聆听最美的朗读声。

女孩饶有兴致地读诗、读散文,情绪酝酿得如酒一般饱满,声音如水一般清冷,一个字、一个字地滴落在春天的洪荒里,与大自然中的花草汇成一体。朗朗的读书声让我想起从前的时光,想起我年少时像她这般大的青葱岁月。

年少时,我也喜欢朗读,只是没有眼前这个女孩读得这般好听。那时候的我,内向、敏感、害羞,不敢大声朗读。我们班的语文老师是一个刚从师范大学毕业的年轻人,他拿着语文课本,声情并茂地朗读起课文来,声音圆润、浑厚、动听,班里的同学们都非常羡慕,心想:什么时候我们也能读得这么好听呢?

那是我第一次知道朗读有这么大的魅力,简直别有洞天。我羡慕得不行,只要一有时间,就拿起课本朗读,可惜我的声音既不甜美,也不轻柔,更谈不上有磁性,有时候还会吐字不清、结结巴巴。

有一次上课时,老师叫我起来朗读课文,碰巧那篇课文有好多翘舌音的字,翘来翘去,我便把自己绕糊涂了,该卷舌的地方没卷舌,不该卷舌的地方乱卷舌,引得同学们哄堂大笑,我恨不得找个地缝钻进去。

放下课本我便崩溃了,眼泪忍不住掉下来。老师看到我难过的样子，忍不住笑了。然后，他教给大家一些朗读的技巧，比如哪里该停顿，哪里该加重语气，哪里该平铺直叙，哪里该深情，哪里该愤怒，哪里该喜悦……

我找了一个没人的地方，对着一棵树，对着一截矮墙，读给春天听，读给一朵花听，读给一只小鸟听，甚至读给一些未曾谋面的小虫子听。尽管我读得依然不好，但在朗朗的读书声中，我忘记了自己，忘记了周遭，全身心地把自己交付给文字，找到了属于自己的快乐。

朗读的过程也是一个慢慢咀嚼和消化的过程，犹如在书本中旅行，可以领略、感受文字的奇妙。阅读最好的方式就是朗读，朗读有一种神奇的力量，能迅速打开一个斑斓的世界，让人体验到生活中的酸甜苦辣和真善美丑恶。

大声朗读是一种享受，文字之美、文字之魅在饱满的情绪和优美的语境中被展现得淋漓尽致。一篇好的文章，只有大声朗读，才能领略其精髓，在不知不觉中获得非同寻常的文学鉴赏力。

我坐在春天的花枝下，和花朵一起听着女孩优美的朗读声，听得心旷神怡，深深沉醉其中，不知不觉竟忘记了时间，小憩变成了久坐。

起身走出去很远，隐约还能听到女孩优美的读书声，虽然我并没有见到她长什么样，但我想，她的样子一定很美，和她的声音一样动人。

我喜欢

我喜欢春日的鸟鸣，婉转、清灵、明快、悦耳，仿佛沾着露水一样，有一种湿漉漉的感觉，从一棵树跃到另一棵树，从一片天空跃到另一片天空，从晨曦微露的清晨到夕阳西斜的黄昏，在枝桠间弹射，在天空中回响。一只猫在花丛中戏蝶，看见天空中的飞鸟，忍不住在地上追逐起来，虽然有点傻，却也挺可爱。春在枝头已十分，芽叶、花苞都按捺不住了，被婉转轻灵的鸟鸣声唤醒，在春光里伸着懒腰，慢慢活泛开来。

我喜欢夏日的山林，幽深茂密，青翠欲滴，仿佛画家在纸上涂的一抹绿。我喜欢跟着一只虫子在山林中探宝，跟着一朵野花在山林中寻踪，一串绿莹莹的野葡萄长在草丛中，像一只只闪烁的绿眼睛。林中草木清幽，野花摇曳生姿，空气里弥漫着青草的香味。窄窄的山径直达山顶，欢唱的小溪飞溅直下，白云轻轻掠过树梢，藤蔓缱绻攀爬，蝴蝶在阳光中穿行，就连青苔都绿得那般脱俗动人。

我喜欢秋日的田野，金黄的稻谷在大地上涌动，一垄垄、一片片，宛如一幅壮美的画卷。香甜的果实挂在枝头，一个个、一串串，红彤彤、绿莹莹、黄澄澄，鲜艳明媚，尽情地渲染秋色。农家的小院里，廊檐下挂着辣椒，房顶上晒着玉米，树下堆着小山一样的或金黄或墨绿的南瓜。秋风拂过秋日的田野，仿佛是谁不小心打翻了装满颜料的瓶子，把山河大地都染上了明艳艳的秋色。

我喜欢冬日的阳光，确切点说，是喜欢在冬天晒太阳，古人叫"负暄"，今人叫"晒暖"。冬日里的阳光稀薄淡远，犹如一朵一朵花盛开在冬日的寒风中，老人、孩子、猫儿、狗儿、麻雀都寻着阳光的去处，向着明亮的那方。我喜欢坐在落地窗前，任由阳光亲吻，眯着眼睛看向窗外。硕大的老树脱去了华衣，枯骨毕现；瘦小的麻雀叽叽喳喳，在雪地里觅食。我听着收音机里行腔婉转的昆曲，在闲适慵懒中，只觉得身心暖洋洋的。

我喜欢人群中的一张张笑脸，或生动，或明媚，或灿烂，擦肩而过时总会让人觉得生活如此美好。孩子的笑脸纯真、烂漫，如花儿般可爱；老人的笑脸温暖、慈祥，如春风般和煦；母亲的笑脸温柔、恬美，如阳光般闪亮；父亲的笑脸爽朗、坚毅，如大海般包容。我喜欢纯朴的笑脸、沧桑的笑脸、幸福的笑脸、坚强的笑脸，无论你的生活有多么艰辛，无论在什么样的际遇之下，请给生活一张笑脸，给自己一张笑脸。

我喜欢和小眼镜先生打视频电话，听他讲衣食住行，听他讲新闻时政，听他讲岛国趣事，听他讲上野的樱花又开了；我喜欢樱子家的猫咪们,三辈同堂,有六七只之多,以致我分不清谁是谁,它们虽调皮磨人,却也乖巧可爱。我喜欢去图书馆,和那些老人、孩子泡在一起,度过一个安安静静的午后时光。我喜欢在地铁里,看那些行色匆匆的人,每个人的背后都背着一个不为人知的故事。我喜欢看书,在别人的故事里感受不一样的人生。我喜欢旅行,在长长的旅途中,去往一个未知的地方,挑战自我对陌生环境的认知。我喜欢花草植物,不管开花与否,只要看见那些绿色,心中便清澈明朗。

我喜欢和一朵花对视,和一只虫子谈天,和一缕风耳语,和一片雪花亲吻。我喜欢人间的烟火味,喜欢走在街巷时,不知谁家传出来的炒菜炝锅的香味、盆碗叮当的声音、隐隐的吵架声、唤孩子吃饭的声音。我喜欢广场上吹萨克斯的老人,喜欢一群飞过楼顶的白鸽。我喜欢山,喜欢水,喜欢江河湖海,喜欢苍茫大地,喜欢这个世界。

我喜欢这一切,因为人间值得。

微　芒

深入腾格里沙漠,我终于知道什么是寸草不生,什么是生命的禁区。放眼望去,黄沙漫漫,一座沙丘连着一座沙丘,在风的推波助澜之下,以波浪的形式向天际无限延伸。

在我的视线范围里看不到任何绿色的东西,看不到任何生命迹象,黄沙扬起,人们嘴唇干裂,如鱼失水一般,在陆地上苦苦挣扎和煎熬,除了喘息,只剩下叹息。

绝望之中,我忽然发现不远处有一个湖,湖边有一大片蓝紫色的马兰花,以怒放的姿势迎风摇曳。我驻足、观望、欣喜、奔赴。

真的是一大片,绚烂的蓝和迷幻的紫叠合在一起,足有上万朵吧!我站在沙海中盲目揣测。可是即便是有上万朵,在偌大的沙海中也不算很多。

一丛丛,一簇簇,蓝紫色的马兰花热烈地开着,倔强而任性,恣意而璀璨。一个小小的淡水湖,像沙漠中一片清凉的月光,映照着粗犷的沙漠。

那些马兰花开得明艳而绚烂,以不管不顾的姿态,以大胆奔放的色彩,用自身的微芒点燃了沙漠、照亮了世界。我想起萤火虫,也曾像这样,以自身微弱的光芒照亮田野的星空。

小时候,我喜欢追着一只萤火虫在田野里奔跑,我迷恋那一点绿莹莹的微光,看着它在菜园里、在花丛中、在小树林里起起落落,心中有一种难以抑制的喜悦,思绪像长了翅膀一般,跟着一只小小的萤火虫轻盈飞舞。

偶尔心中难过时,我坐在月下发呆,看见萤火虫提灯来访,心中的烦恼便会不翼而飞。萤火虫闪着微芒在暗夜里滑行,像梦境一般美丽,把我的烦恼全部都带走了。

我迷恋一只萤火虫的微芒,就像迷恋一弯下弦月的微芒。年少时,我在镇上的中学上学,从家到学校有五里路的距离,没有自行车,更没有公交车,每日天不亮便早早起床,披星戴月,赶去镇上的中学上学。

秋冬时节,天黑得早,亮得晚,早起去上学可是一件苦差事。天上挂着一弯清瘦的小月牙,地上结的不是白霜就是冰雪,我深一脚浅一脚地走着,凉风直往脖颈里钻,寒冷如影随形,头发、眉毛上都挂上了冰碴。

路过山野树林、人烟稀少的地方,我心中不免有些害怕,脚下呼呼生风,一路小跑。天边一抹淡淡的下弦月,微光渺渺,几颗遥远的小星星,也不甚明亮。我走,它们也跟着我走,一路陪伴着我,一直到天光大亮。

偶尔想起下弦月的微芒，心中恍若隔世。

记得那一年，我刚参加工作，在单位附近租屋住，房东太太是一个很厉害的妇人，屋子脏了，东西乱了，她都会唠唠叨叨地把我们说一顿，我有点怕她，也有点烦她。

有一晚，忽然停电了，我不敢一个人待在屋子里，跑到院中的大梨树下，借着微微的天光发呆。没有电，也没有烛火，不知该如何熬过这漫长的一夜。愁思百结之时，想不到房东太太来了，她笑吟吟地说："我给你们带来了两根蜡烛，点个亮，省得你们害怕。"

我以为她是来找茬骂人的，想不到她是来送蜡烛的，原本有些胆怯的心忽然就松弛下来，觉得房东太太也不像传说中的那么讨厌，她的笑容甚至有一些可爱，我感受到一丝温暖和人性的微芒。

世间万事万物都有自己的微芒，就像我迷恋文字一样。我喜欢在文字里徜徉，每一个宁静的清晨，每一个幽深的夜晚，当我在黑暗与孤寂中摸索时，文字以微弱的光芒照亮我前行的路。

芒者，刺也，虽然这刺只是小小的一枚，不足以刺破天空，也不足以刺穿大地，甚至刺到肉里都不会出血，只是有一些微痒的感觉，但却至少不会再装睡，这就足够了。

芒者，光也，虽然这光只是星星点点，不足以照亮黑夜，也不足以打破死寂，甚至在广阔无边的黑暗里被人忽略不计，可是这又有什么关系,星星之火也终将有燎原之势。

　　高光时刻固然好,集万千光彩于一身,只可惜这样的时刻一生能有几回? 微芒再小也是光,以微芒点亮微芒,以微芒照亮微芒,当微芒连成一片,必能照亮自己和世界。

心中的灯盏

小眼镜先生回岛国之前给我买了一盏灯,是藤编的小夜灯,米色、圆形,用一个小小的原木托架支撑着。我把它放在床头柜上,每天晚上入睡前,就着淡淡的灯光,翻几页书催眠。

有时候,夜半时分我从梦中惊醒,四周黑漆漆一片,大脑瞬间清醒过来,无法再度入眠,我便会轻轻地摁一下按钮,淡淡的橘黄色灯光从镂空的藤网中漏出来。我望着天花板上那些纵横交错的网格,一时之间心生恍惚,顺着那些纵横的脉络,仿佛看见一些灯盏亮在过往的路上。

这个世界上,总有一盏灯是为你点亮的。

记得青春年少时,有一年,在假期里,我和几个要好的同学相约一起去山里旅游采风。深山野岭,人迹罕至。那里有浓密的林荫、湿滑的青苔、不认识的山花野果、翩翩起舞的蝴蝶、泠泠作响的山谷流泉、悠荡在林梢的朵朵白云……同学少年正是意气风发之际,大家背着包、拄着棍,一路向山里进发,有一种探宝似的快乐,隐秘而幽深。

我们在山里流连了很久,正当原路返回的时候,忽然发现迷路了。天色向晚,光线暗淡,黑漆漆的夜色犹如铁块一般压下来,大家都不说话,气氛凝重。我的心中第一次被巨大的恐惧填满,我想起父亲和母亲,如果我从此回不了家,他们会不会伤心难过?我想起弟弟妹妹,以后再也不跟他们抢糖果和漂亮衣裳了。我想起老师,以后他再也不用目光如炬,在镜片后面盯着我上课时的小动作了。我想起许多同学、朋友、玩伴,我想起茉莉,她向我借的书一直没还,我曾信誓旦旦地要和她绝交,现在想来,还是算了吧,她喜欢那本书就让她留着吧!

一路脚步踉跄,在黑暗中穿行。我在惊恐不安中,顺便梳理了一下过往,我惊讶地发现,许多人、事当时觉得一辈子都无法原谅,此时想来却觉得没那么重要了,难道真的是此一时彼一时?

不知道在黑暗中摸索了多久,白天看上去清秀俊美的风景,此刻变成黑乎乎一片,仿佛随时随地都能"咕咚"一声,吞掉点什么。我的心提到嗓子眼儿,额头上满满都是汗水,衣衫也被汗水浸透了,长这么大第一次知道恐惧是什么滋味。

空山寂静,仿佛掉一根针都能听见,偶尔一阵风、一声兽鸣或者鸟啼,都会让人毛骨悚然。我加紧脚步,唯恐落下。不知过了多久,也不知是谁喊了一声:"快看,前面有一盏灯!"

我抬起头,看见前面不远处的山坳里真的有一盏灯,挂在高高的树干上,远远地看着,像一个熟透的大柿子,有一团橘黄色的光晕,在黑暗中慢慢洇染开来,流动着黏滞滞的蜜意。我的心刹那间被这股暖意融化了,隐忍了一路的眼泪像开了闸的湖水,奔涌而出。

天亮之后,我发现在这个小小的山坳里,零星散落着几户人家,挂在高高树干上的灯盏,是一个老者专门为迷路人挂的。

为他人点一盏灯,驱除黑暗,等待晨曦来临,我心中甚为感念那个掌灯的人。灯的意义就是打破黑暗,照亮前路,哪怕灯光微弱如萤火,也足以将黑暗碾压。

每个人的心里都挂着一盏灯,永远不会熄灭,照亮身心,照亮生活。就像小时候,母亲为我们点亮的一盏读书灯;长大后,为我们点亮的一盏回家灯。就像我在山里迷路时,一位素昧平生的老者为我们点亮的一盏指路灯。因为有一盏又一盏灯的照耀,我们才不至于迷失方向。

我看着小眼镜先生送给我的藤编小夜灯,在黑暗中静静地散发着光芒,心中暖暖的。一盏小小的、不起眼的灯,把一个冰冷的房子变成一个温暖的家。

等风来

　　一天，我领着几个小家伙去广场放风筝。广场上绿草如茵，花朵摇曳，老人在散步，孩子在奔跑、嬉闹，蝴蝶从一朵花飞到另一朵花上，偶尔还会落在长椅上或游人的身上。

　　美中不足的是没有风。

　　我叹气，没有风怎么放风筝呢？几个小家伙死缠烂打，非要来放风筝，这不是缘木求鱼吗？此刻，他们已经按捺不住，握着风筝的线跃跃欲试，其中一个小家伙还煞有介事地开导我："没有风怕什么，先放起来，跑着跑着就有风了。"

　　我忍不住笑了，好有哲理的话。有时候成年人的思维容易形成固定模式，而孩子的思维却可以打破禁锢、自由飞驰。

　　我坐在长椅上，看孩子们在广场上放风筝，手中握着风筝线跑来跑去，可是风筝怎么也飞不到天上。再好的风筝也要凭借风力，没有风怎么能放起来呢。

　　有时候，风筝在天空中只持续飞了一小会儿就跌落下来，可孩子们却并不气馁，手中握着风筝线跑来跑去，乐此不疲。这让我想起电影《追风筝的人》中那些温暖的片段，阿米尔和哈桑也像眼前这些小家伙这般大，他们曾一起"斗风筝"。

等风来是一个很奇妙的过程。

小时候，我也等过风。夏夜幽深静谧，草木沉默不语，花儿一动不动，像睡着了似的，虫子们想来也是热得难受，曲调低哑难听，又闷又热的夜晚，就是不见一丝风。我搬着小板凳，早早地去院中的葫芦架下纳凉，蝈蝈趴在白色的葫芦花上吸吮露珠，想来味道应该甘美清凉。有时候，我会去街边的晒场等风，听大人们闲话家常，看孩子们满场疯跑，大概欢声笑语也能解暑吧！我也会去房顶等风，满天的星星眨着眼睛，月光如水一般流泻下来，苍穹之下，我躺在房顶上，看着天上的星星想心事。我还曾去过村头的小桥上等风，河水哗哗流响，草木清幽芬芳，我站在桥上，等风带给我一丝清凉。

等风来真的是一个很奇妙的过程。

小时候的秋天，庄稼收割过后，都会集中运到一个叫"场院"的地方。大豆、高粱、谷穗都分门别类放好，堆得像小山一样，然后通过石磙碾压脱粒。

"扬场"是一个技术性很高的农事活动，必须凭借风的力量去除杂质，留其精华。二舅舅是个"扬场"的高手，可是没有风，他也只能束手无策干着急。

晌午,风还没有来,二舅舅坐在高高的谷堆上,愁眉苦脸,也不吃午饭。据说夜里有雨,这一堆粮食不收起来,可怎么是好?

天地之间这般寂静,寂静得让人绝望。二舅舅一会儿起来,一会儿坐下,一会儿看看天,一会儿又看看那些堆得像小山一样的谷物,他的眉眼中有凝重,有焦虑,也有渴望。

终于,风来了!等了大半天,风终于来了。

二舅舅的眉眼舒展开来,笑着跑出来,身手敏捷地拿起木锨,一锨一锨地扬起来,呼啦啦,谷粒一下子纷纷落地,草屑随风飞扬,形成一个优美的弧线。

风,有时候步履轻盈,一路抚过花朵、露珠和鸟鸣,温柔多情;有时候脚步沉重,怒吼着,折断树枝,掀翻屋顶,暴虐狂躁;更多的时候,风会带着一粒种子,轻灵地穿行,飞到天涯海角,把种子轻轻抛下,让其落地生根。风,来去自由,谁都阻挡不了它的脚步。

风是一个孤独的旅者,夜晚的风尤其如此。整个世界都睡着了,唯有风,摇摇晃晃地穿行在大街小巷,穿行在树梢旷野,"呜呜"作响。我常想,这时候的风一定是孤独的。

风,也是一生的知己。不能对人说的话,心中的小秘密,都可以付诸于风;受伤了,流泪了,难过了,都可以告诉风。风可以帮你疗伤,也可以帮你保守秘密。风会把你的伤痛带走,你的心也会跟着风轻盈地飞翔。

我坐在长椅上,看着孩子们在广场上奔跑,抬头仰望天空。这些孩子又何尝不像风筝一样,只要有风,便会在天空中飞翔。

风,终于来了,脚步轻盈,情绪饱涨,把风筝和孩子的笑声带到又高又远的地方,也把我的心带到云端上。

一碗读书灯

板桥先生有一首词是劝慰好友郭芳仪的,想来这郭芳仪日子过得清苦不遂心,所以板桥先生说"白菜腌菹,红盐煮豆",破酒瓶子也可以拿来插几枝花,有什么大不了的?这天下事,也无非就像下围棋,一着输,也不是着着输,又何必计较这一时?烹茶扫雪,安心读书,顺其自然就好。

板桥先生真的很会劝人,他劝谕好友,也是劝谕世人,不要把一时的输赢、得失看得太重,不要钻牛角尖,要在粗茶淡饭中养一颗平常心,要善于发现生活之美。世事无常,输赢亦然,以平常心待之,闲来无事多读读书,不是很好吗?

我最喜欢那句"寒窗里,烹茶扫雪,一碗读书灯"。掩卷,总会令人想到乡间旧事,那一碗读书灯,升起的不是煤烟缕缕,而是乡愁冉冉。

旧年,在乡下,每到傍晚天黑时分,家家户户都会亮起一盏盏橘红色的煤油灯。冬夜清冷寒长,万籁俱寂,尘嚣渐去渐远,一朵朵小雪花似音符一般前来叩访,如豆的灯光驱散了一屋子的黑暗。

简陋的煤油灯下,我和弟弟妹妹围在一起写作业,看小人书,讲故事,猜谜语,等父亲下班。母亲在灯影里忙碌着,缝缝补补,纳鞋底,打毛衣,一针一线,打理着家里人的吃喝穿戴。

那时,谁家如果有一只带玻璃罩的煤油灯,那简直是奢侈品,令人艳羡。大多数人家的煤油灯都是自己做的,因陋就简,罐头盒子、墨水瓶子,甚至一只豁了口的粗瓷小碗,盛点油,用棉花拈成芯子,或用灯心草取髓,置于灯油中,等天黑透了,用火柴点亮,灯光暖暖地照在乡间小屋中,虽不甚美观,但实用。

煤油灯点久了,便会爆出灯花,一阵"毕毕剥剥"的响声之后,灯光便会暗淡下去,这时候母亲总会拔出针,把灯芯往上拨一拨,再用剪刀剪掉灯花,灯光渐渐明亮起来,照亮了老旧的石头房子,也照亮了母亲沧桑的脸庞。

那时候,我还没有读过"闲敲棋子落灯花"这样的句子,只记得母亲每每剪掉灯花之后便会顺口说一句"灯花爆,喜事到"。我是个较真的性子,有时会追问有啥喜事?母亲神秘地说:"到时候你就知道了。"到后来才知道,那不过是内心深处的一种向往,是一句吉祥话而已。

煤油灯最大的问题不是不亮,而是烟大、呛人。我在煤油灯下写一晚上作业,有时候还会熬夜苦读,看些自己喜欢的"大部头",像《青春之歌》《林海雪原》《铁道游击队》等,第二天早晨起床,个个都是鼻孔乌黑、眼圈发青,跟个大熊猫似的。我们姐弟三人你指着我,我指着你,忍俊不禁。

冬夜,昼短夜长,有时候写完作业仍不肯睡,听着远处若隐若现的狗吠声,我们姐弟三人在被窝里闹成一团。母亲走过来,轻声呵斥:"点灯不用花钱啊?快点睡,明天还要早起上学呢!"

"瘦尽灯花又一宵",岁月的脚步渐去渐远,烛影摇红虽有美感,但到底不及灯火通明来得敞亮,怀恋却不留恋。

有一次,去博物馆,竟然看见一盏煤油灯,它是那种很经典的样式,有灯座、灯罩、灯芯,亮度可调。乍见之下,心中生出久违的温暖,在摇曳的煤油灯下,从口口相传的民间故事,到小人书,再到一本本"大部头",完成了我最初的文学熏陶和启蒙。我贪婪地看过《西游记》《水浒传》《红楼梦》这些能借到的书,虽然当时似懂非懂,但终究在心底埋下了一颗文学的种子。如豆的灯光、恬淡的生活、温暖的亲情,如悬挂在空中的一盏明月,照亮了拮据的生活和贫瘠的内心。

世间所有的苦难都是人生的财富,遥遥回望,一碗读书灯,始终都亮在过往的路上,乡愁缱绻,山高水长。

向着明亮那方

冬日,天寒地冻,万物凋敝,萧瑟之中,墙角的一抹绿色格外温馨养眼。你肯定想不到,这绿竟源自一种食物——地瓜。

冬日的地瓜清甜甘美,去菜市场时会顺带买一些回来,放在厨房里,隔三岔五地放进烤箱,烤熟后软糯香甜,甚是美味。有些地瓜没有来得及吃,便会在顶端冒出细嫩的紫色芽叶,我舍不得丢掉,顺手埋进花盆里。

隔了几日,便有一簇浅浅的紫绿冒出来,粗短、呆萌、探头探脑,悄悄地打量着这个世界。地瓜叶长得快,一片、两片、深紫、浅紫,尔后由浅绿至深绿,蓬蓬勃勃,顺着花架一路向下恣意攀爬,汪洋成一滩绿色。

我惊奇地发现,这些叶子很淘气,喜欢向窗外张望。它们在藤蔓上挨挨挤挤,伸着脖子,向着明亮那方一起眺望,像一只只绿色的小蝶,展翅欲飞。

植物和人一样,都有向光性吧！都喜欢有光的地方,都喜欢明亮的地方。

去社区做核酸检测，队伍排得宛若一条游龙，拐着弯儿，见首不见尾。一个小姑娘穿着羽绒服，戴着绒线帽，手里拿着纸和笔，胸前挂着小喇叭，在维持秩序。"老人和孩子不用等候，忘记带身份证的，可以把住址和电话号码用小纸片写下来。"

她手脚麻利，动作敏捷，身上散发着青春的气息。一个老人说："姑娘，你真美，笑起来真好看！"

我仔细打量她，虽然她戴着口罩，可是遮挡不住她脸上的笑容，她的眼睛里有深深的笑意在涌动，亮晶晶，闪着光芒。是的，她笑起来真好看！

后来知道，她是一个义工。

偶然间读到日本诗人金子美铃的童谣，心境一下子被她带进一个纯真美好的世界中，在如歌的行板中，跟着她的思绪轻快地飞行，跟着她细微的心思和奇妙的想象力返回童年。

她的世界中，有小鸟、草叶、花朵、雪花、海浪、小石子、苹果园等，那些俯拾皆是之物，那些在我们看来再平常不过之物，在她的眼中皆是熠熠生辉，皆有光。她眼中的海浪，是一个糊涂虫；她心中的露珠，是花儿悄悄掉下的眼泪；她看到的云朵，又松又软……

孩子气的天真，每一个人都有，是一种纯粹和美好，只是很少能有人把这种纯粹和美好保持一生。大多数人都是一边走，一边丢，到最后,穷得只剩下一个干瘪的躯壳,只剩下一个无趣的灵魂。

她热爱生活,世间万物都被她善意对待,她的美好,贴地飞翔。比如她在《全都喜欢》中说:"我好想喜欢啊,这个,那个,所有的东西。比如葱、西红柿,还有鱼,我都想一样不剩地喜欢。"可是现实生活中,她却被生活所虐,面对种种不如意,如婚姻不幸福、失去孩子的抚养权、生病,在困顿的窘境中,我仿佛听到她绝望地吟唱:"幸福穿着桃红的衣裳,一个人小声哭着。"

她在一团糟的生活中挣扎,且越陷越深,终至绝望,哪怕生命的休止符永远停在27岁的年轮上,她的内心世界都是干净、纯净、透明、向着明亮那方的。我非常喜欢她的一首童谣:"向着明亮那方,向着明亮那方。哪怕一片叶子,也要向着日光洒下的方向。"

有时候我会想,"向着明亮那方"在生活中究竟有何意义?

生活不全都是美好,也有沉重的时刻,生老病死无一不是难题,何况半路上还埋伏着磨难和挫折,困顿无解的时候,"向着明亮那方"是生命的底色和生活的勇气。

生活中,无论走到什么境地,都应该向着明亮那方,努力生长。你看枝头的花朵、天空中的小鸟、地上的小草,莫不如此。哪怕生活虐你千百遍,都要怀揣美好,试着与生活和解。

第二辑

风景也在看你

梅破知春近

喜欢这个"破"字，有一种动态的美感。上嘴唇与下嘴唇轻轻碰触，"破"字应声而出，有一种释放的愉悦，撑控不住，"吧嗒"一声掉出来。这中间，有隐忍，有克制，短促却又有力。

可不是吗？隐忍了一冬，经风沐雪，抵御霜寒，在冰天雪地里养就一副铁骨，却经不住春风这个小淘气，三番两次前来撩拨、挑衅，梅花终于忍无可忍，梅破，春近。

寒风飒飒，木叶尽脱，河流凝滞，所有的明媚鲜艳都在季节里走失。梅如旷古高人，独坐闲庭，与天地对话，与雪花痴恋，与寒冷并行，万籁俱寂中，虬枝盘曲，蓄势待发。冰雪中，梅红雪白，迎风傲雪，天地之间最是一点梅花心。

有人喜欢雪天煮茶，把静美置于水中，禅意随茶烟袅袅。茶中山峦起伏，绿意若隐若现；雪中梅花妖娆，自是暗香浮动。古人喜欢收拢梅花上的雪，煮水烹茶，雪沾染上梅的香气，自然是精妙绝伦。

山寺旁有一株老梅，披一身岁月的裂裟，站在雪地里，疏影横斜，寒枝虬结愈发显得妙趣横生。几只鸟在梅枝上跳上跳下、叽叽喳喳，说着别人听不懂的情话。梅如老僧一般，笑而不语。

几千里外奔袭而来的春信，我听不到，但梅听到了。枯枝瘦骨上，小小的花蕾虽然包裹在冰球之中，却是最先感知到从遥远的天际赶来的一丝暖意。寒冷中的梅骨朵儿开始慢慢鼓胀，悄悄酝酿，寻找缝隙，只要有一丝阳光透进，梅花便挣脱冰层的包裹，向暖而开。

梅破，春近。想来梅花开时是有声响的吧！带着空旷而幽远的回声。远远地看着，向南的花枝上，一两朵小小的花骨朵儿，慢慢拱破冰层，在寒冷中悄悄次第而开，疏疏朗朗，暗香浮动，娇羞、含怯，像一个矜持的小姑娘，低着头，搓着手，看着脚尖，想着心事。

草木不语，对自然的感知却比人类更加敏锐，更加先知先觉，有一种天然的觉知力。我忍不住叹息，春天尚未启程，梅心便已知晓，从光秃秃的枝桠到一树繁花，也就那么几天的时间。

这个冬天有点冷，一场雪接着一场雪，纷纷扬扬，飘飘洒洒，山河大地穿上华美的衣裳，虽然素了点，但有一种清雅之气。

雪，是冬天的信使，送来冬天的音讯。梅，是春天的芳踪，遥寄春的消息。梅与雪互相成就，互相映衬，梅因雪而美，雪因梅而香。雪，几降几落，梅一度花开，意味着春天的脚步近了。

二十四番花信风中，一候梅花，以梅花为首。二十四节气中，立春是时光码头上的第一个节点。梅花开过，立春到来，一年才算真正地开始。

立春,从遥远的冬天蹒跚而来,一路越过千山万水,不管停在哪里,只要随意挥一挥手,山河大地好像听到号令一般,河流解冻,冰雪融化,草木朗润。乍暖还寒的时节,刚刚萌发春意的草木,在冷风中探头探脑,试探着季节的温度,唯有梅花笑傲冰雪,在寒风中傲然挺立,一朵朵,一枝枝,兀自吐露芬芳,舒展花蕊,迎接春天。

梅破,春近。春到人间草木知,没有人比梅花更懂得春天。

冬去,春来。冬春交替的季节,能看到冬孤绝的背影,也能看到春明媚的笑容。等东风拂过大地,山川展颜,河流解冻,我们便可以去田间地垄走一走,找寻春的模样。

一朵云,一场雨;几朵云,几场雨。春天便繁盛起来,毛茸茸的绿色洇染我们的双眸,湿润的泥土缠恋我们的双足,阡陌纵横,水光潋滟,鸟鸣清泠,还等什么,不去春风里走一走吗?

山中遇友

搬到西郊之后，我经常去爬山，漫无目的地在山野上走走，在苹果园中穿行，顺着蜿蜒的山径慢慢爬到山上，林中的风沾染着露水和青草的香气，深深地吸一口，清爽宜人，头脑都跟着清醒了许多。

山中有许多叫不上名字的花草、藤蔓，我蹲在林中仔细分辨，细小的藤蔓上开出几朵小花，却并无结果，大大的叶子有手掌那么大，我不认得这是什么植物。凝神细思时，一枚松塔忽然从天而降，正巧砸落在我的头上。

我吓了一跳，迅速弹开身体，条件反射般地用手捂住头，然后仰头望去。我看见一只小松鼠蹲在树上，神情错愕地望着我，两只小眼睛乌溜溜的，长长的大尾巴微微弯曲，像个降落伞。

这个小家伙不知从哪里觅到一只陈年的松塔，坐在树杈上，抱着松塔玩耍，左顾右盼时，松塔掉下去砸到人。它自知闯了祸，想溜，顺着那棵树迅速滑下来，跑几步，又停下来，回头看看我；又跑几步，又停下来，看我有没有追上来。我忍不住笑了，真是个小淘气，看你往哪里逃？我刚想近身，它便"哧溜"一下，毫不犹豫地跑掉了。

我看着手中那枚松塔，望鼠兴叹，既送了我礼物，何故要跑？这么多年过去了，怎么还是这般胆小如鼠？

目送小松鼠隐没在林中，我刚想下山，忽然听见林中有布谷鸟的叫声。我寻声觅去，看见一个悬挂在树上的鸟巢，却并未见到鸟儿。想来它就在四周不远的地方，而且一定是看到我了，而我却并没有看到它。

年少时，山野、溪头是我们的乐园，大人们戴着草帽、扶着犁在田里耕种，小伙伴们便在田间玩耍，掏鸟窝，觅野菜，摘野果，捉虫子。

布谷鸟不知疲倦地叫着，引逗得我们不停地追逐。一只受伤的布谷鸟在梯田间飞飞停停、跌跌撞撞，我们一群半大的孩子终于锁定目标，跟在那只受伤的布谷鸟身后，轻手轻脚，打算跟踪到它的老巢。

老家的山坡上修满了梯田，梯田的边缘种上了棉槐，用来防止水土流失，布谷鸟的家就藏在那些棉槐间。当我们千辛万苦跟踪到布谷鸟的老巢时，却并没有忍心连窝端，因为那个用草精心编结的小小的鸟巢里有四五只小小鸟，张着嘴，嗷嗷待哺。那时节，春风微漾，小小少年的心中生出一种柔软和怜惜。

长大后得知，布谷鸟虽然叫得勤快，但也非常懒，它喜欢把蛋寄放在别的鸟类家中，让别人替它抚养孩子。很长一段时间，我都想不通，怎么还有这么懒的妈妈？可是回头想想，又释然，世间万物各有活法，不能苛求千篇一律。

我在山野闲逛，遇到许多经年旧友。白云扯住我的衣角，云雀呼唤我的名字，无数的野花摇头晃脑，向我张开一张张笑脸。一只小小的飞虫闯入我的头发，它以为那是荒草吗？一只只蚂蚁排成长阵，挡住了我的去路，它们像行吟诗人，勤勤恳恳地在大地上写着诗行。苹果树开满了花朵，小小的，一串串，我站在它们中间，仿佛自己也变成了一棵苹果树。清澈的溪流欢快地跳跃着，唱歌给我听……

一个老农在樱桃园里忙碌着，他向我招手，我问他："樱桃啥时候红？"他说："不急，总得等到六月份吧！"我看着那些指甲盖大小的青樱桃，嘴里忍不住泛酸。现在这樱桃又酸又涩，等过些时日，它熟了、红了，像玛瑙一般，味道就会变得又甜又美。

我捡起一块小石头，站在水库边上，以飞翔的姿势抛出那块小石头。那块小石头在水面上跃了三跃，最后潜入水底。我看着那块小石头，忍不住笑了，这是我小时候常玩的游戏，它的身体里还留有我年少时的温度和梦想。

春天的山野小径，细细弯弯，被路两边的花草覆盖住大半，走在其中，衣服鞋子都被露水打湿，但心情却是前所未有的敞亮、轻快，跟着一朵云奔跑，跟着一阵风嬉笑，跟着一只虫子去探访世界。

亲爱的朋友们，阳光如此明媚，你在，我在，山河大地都在，有生之年，我们都要相亲相爱。

晚饭花

去乡间小住。

夏日炎炎,暑气难消,夜短日长,白日像没有尽头似的,好不容易熬到黄昏,在朋友家的小院子里,与主人一起吃饭纳凉,把酒闲话。

猫儿眯着眼睛蹲在旁边,狗儿喘息声粗重,不远处的篱笆边种了一排密密的晚饭花,它们在微光中开得热热闹闹。我随手掐下一朵紫色的小花,掐掉中间的花蕊,使其变成一个小喇叭,放在嘴边"呜呜"地吹,竟然"嘟嘟"有响。

这是我小时候喜欢的游戏,每每看到晚饭花开,便会想起小时候的时光。也是这样的小院子,打扫得干干净净,可惜桃花谢了,蔷薇也谢了,还好,大丽花开得招摇、艳丽,晚饭花开得喜庆、琐碎。把饭桌搬到小院中,一家人围坐在一起,开开心心地吃晚饭、扯闲篇,那是一天中最温馨、最惬意的时光。

晚饭花是一种平凡的草本植物,泼实、好活,几乎不用特意去养。家家户户的小院子里都会有几棵。叶碧绿,花娇小,有淡淡的药香。

因花色为胭脂红,所以有些地方叫它"胭脂花"。花谢结籽,籽有花纹,状似地雷,因此有些地方干脆就叫它"地雷花"。

说来也奇,这花白天拢起,闭着眼睛睡懒觉,浓绿的叶子多得不得了,但等暮色四合,炊烟袅袅升起时,密密匝匝的花朵就醒了,吵吵闹闹,又疯又野,仿佛邻家女孩,本色天然。

炊烟是乡村的诗行,只要有炊烟升起的地方,就有饭菜飘香。远远地,看见一缕炊烟袅袅升起,猫儿、狗儿撒着欢往家跑,我拎着书包,也往家跑,跑得急了,把鞋子都跑掉了。邻人荷着锄头,踩着浅浅的月色,悄然而归。连晚饭花都约好了似的,踩着炊烟的脚步,一朵一朵盛开。

那时候,外祖母尚在,穿着月白色大襟盘扣夏衫,看见晚饭花开了,便丢下手里的针线活,颠着小脚去厨房准备晚饭。香葱炒鸡蛋,连枝毛豆,有时也会去园中的菜地里摘两根新鲜水嫩、顶花带刺的小黄瓜,手起刀落之间,动作干脆利落,做成一道最简单的拍黄瓜,吃着清凉又解暑。

外祖母说:"小姑娘,你要记得啊,不管你在哪里,看到晚饭花开了,要记得回家,外祖母会在家里等你吃晚饭。"

夏夜,我和外祖母在葫芦架下纳凉。蛐蛐趴在一朵白色的葫芦花上,不知疲倦地唱歌。几只萤火虫提灯来访,外祖母轻轻摇动着手中的蒲扇,萤火虫便落在我的手掌心。我把萤火虫扣进玻璃瓶子,双手放在头下当枕头,躺在有草香的席子上,看着天上滑落的流星发呆。晚饭花的香气淡淡的,像潮水一般一波一波袭来。我在朦胧的睡意中,似乎听到远处若有若无的狗吠声……

乡间生活清苦,日子寡淡,吃个香葱炒鸡蛋便如同过节一般,可是因为有外祖母在,有父母在,有弟弟妹妹在,有猫儿狗儿在,有大丽花、晚饭花在,再清苦的日子,似乎也并不觉得苦。

那时候,我曾单纯地以为,日子会一直这样过下去,我的外祖母、我的晚饭花一直都会在那里,一直都会等我回家吃饭。

今又见晚饭花,不禁令我想起故乡,想起暮色四合中袅袅升起的炊烟,想起那个又疯又野又贪玩、忘记回家的孩子,想起那个扯着嗓子喊我乳名、唤我回家的人,一声一声,韵味悠长,每每想起,心中满满都是惆怅。

暮开朝合的晚饭花,一朵又一朵,奏着悠长的乡韵,盛开在老家的小院中。多年以后,看汪曾祺先生的小说《晚饭花》,始知晚饭花其实就是野茉莉,在我的老家也叫粉豆花。

倔强的虎尾兰

窈窕的兰草、俊雅的文竹、清秀的白兰、馥郁的茉莉，在这些花草中间，还有两盆呆头呆脑的虎尾兰，它们是我在楼下的龙爪槐树下捡的。

我是散步的时候，在龙爪槐树下发现它们的。那两盆虎尾兰不知被谁丢弃在树下，可能时日已久，叶面上落满灰尘，看着就不怎么招人待见。破旧的花盆，粗笨的叶片，斑驳的色泽，不美也无香，而且有的叶片已经枯死，一副蔫头耷脑、半死不活的模样，实在谈不上好看。

我把这两盆虎尾兰捡回家，也是因为有私心，听说虎尾兰能净化空气，彼时我刚刚装修了房子，想着养一段时间，再把这两盆花送回到龙爪槐下，留给有需要的人。

别的花草都争奇斗艳，唯独这两盆虎尾兰却无动于衷，我又是浇水，又是换盆，还买了新的花土，着实花了一番心思，可这花就是不见起色。我摇头叹气，难怪别人把它扔了，怎么就不能争点气呢，活不成了吧？

我心中有点小失望，渐渐忘记了它们的存在，把它们丢在阳台的角落里，也不怎么打理，有时十天半月想起来时才浇一次水，任它们自生自灭。

花和人都一样吧，有时只有在绝境处才能激起求生的欲望，这两盆虎尾兰倒是胸怀宽广，也不挑剔别人的态度，也不怎么挑地儿，在阳台的角落里，倔强地按照自己的方式活着。

它们先是慢慢修复受伤的叶片，然后不动声色地生长。几个月之后，我惊喜地发现，虎尾兰的根部拱出一个小小的"芽尖"，嫩黄、薄透、呆萌、可爱。然后，陆陆续续又有几个"芽尖"拱出来，浅绿灰白相间，且镶有金边，真的如小老虎的尾巴一般，虽说不上美，但郁郁葱葱，有一种向上的力量。

虎尾兰是一种倔强的植物，有点小脾气，也不按常规出牌，花盆不用太大，水也不用浇得太多，最好在泥土里掺点砂子，这样简陋的生存空间就足以使虎尾兰焕发出勃勃生机。更令人惊奇的是，这两盆半死不活、被人遗弃了的虎尾兰竟然还会开花。

那是我第一次看到虎尾兰开花。有一天，我去阳台开窗，发现虎尾兰的剑叶中窜出一根细长的花枝，长长的花枝上挂满碧绿的花苞和盛开的花朵，一串一串，挨挨挤挤，拥在一起。虎尾兰很特别，黄花绕杆，一嘟噜一嘟噜，花蕊细长，花瓣清瘦，有点像金丝菊，又有点像黄花菜。

那些黄花，香味浓郁，每一朵花的根部还挂着一滴晶莹剔透的小水珠。我曾暗暗揣测，这一滴滴的小水珠是浇水时不小心洒落上去的小水滴，还是忘记关窗而结下的露珠？也有可能是虎尾兰的泪珠，难道植物也会伤心流泪吗？它受了什么委屈呢？

原来只知道虎尾兰不娇气，"穷养"虎尾兰后才发现它竟这般皮实，不妖娆，不妩媚，叶有虎皮斑纹，气势如剑如虹，从某种意义上来说，甚至还有一些倔强。它的美不似普通的花草之美，是另外一种逆向之美，不蔓不枝，守得贫瘠，耐得寂寞，长得挺拔清俊。

一盆被捡回家中净化空气的植物，居然开花了，从另外一个角度诠释出生命的顽强和自然的力量。

我有些喜欢上这植物，虽然有点小倔强，但好养，不娇贵，生命力强，只要有一点水，有一点泥土，便能安身立命，便能蓬勃芬芳。最重要的是，它能净化空气，给人们带来舒适和安逸，何况还有一茎馨香，更是意外之喜。

那一年

多少年之后,我仍然记得那一年的人、那一年的月。那一年,光阴未老,我年纪尚小,大月亮明晃晃地挂在天上,清冷的月光洒满一地。秋夜静寂,小院里月光融融,花影婆娑,树影重重,秋虫不知疲倦地吟唱着,像一首温馨浪漫的小夜曲,我却从那些听不懂的歌谣中,捕捉到秋的丰实与静美。

我和妹妹在小院里张罗着拜月的事情,那时候她未结婚,我未嫁人,青春年少,岁月正好,对于隆重程度仅次于春节的中秋节格外热衷和看重,和大人们一起忙里忙外,跑前跑后,兴奋不已。

置一方小桌于庭院中间,摆上精心准备的月饼。那时候的月饼大多是五仁、豆沙馅的,花色品种并不多,虽没有现在的月饼看起来那么精致酥软,但在物质贫乏的年代,那已经是顶级的美味,吃一口,便会想念一生。

还有各色时令水果,一串串紫葡萄晶莹剔透,还有苹果、鸭梨等。讲究的人家还会摆上花生、毛豆等,据说月宫里的白兔喜欢吃。清茶自然也是必不可少的,所谓的清茶其实就是白水一碗。

祈求风调雨顺、五谷丰登的拜月仪式完成之后,一家人围坐在一起,吃月饼,喝茶,聊天,晒月光。月上中天,清辉几许,照得人间一片祥和。九天之上的嫦娥姐姐寂寞不语,一家人说话时便轻声细语,仿佛怕打扰了嫦娥姐姐的兴致。大家说一些眼前的光景,说一些经年的旧事,都是家长里短。有胆子大些的孩子会爬上屋顶,踮起脚尖,触摸月光。其乐融融的氛围,很容易让人想起"岁月静好"一类的词汇,唯愿人间多一些这样安静从容的好时光。

春花秋月美,转眼流年逝。多年之后,父母已老,外祖母去世,妹妹弟弟各自成家,一起晒月光的机会少之又少,这时才懂得昔日时光的珍贵,一家人围坐在一起晒月光的时日早已成为光阴中的一个节点。

后来,我和另外一位友人相约一起晒月光。世事难料,原本不相干的两个人,后来居然成了年年一起晒月光的"战友"。当真只剩下晒月光了,那些拜月的仪式都没有了,日子不知怎么就过成了这样,一切都删繁就简。每每中秋,两个人会一起跑到外面大月亮地里散步,踩着满地细碎的树影晒月光。

那一年,兴之所至,我和那个人一起跑到海边的高架桥上晒月光。那桥呈流线型,钢架结构,有简洁大气之美。站在桥上,只觉得繁星满天,一轮明月悬于空中,清辉熠熠,月光一不小心跌落在海里,当真是海中有月,月中有海,月光与浪花交错在一起……

偶一回头,看见身后不远处灯火通明的城市,心中霎时有股暖意缓缓升起,那里有家,有亲人,有朋友。此时此刻,他们正和我一样在晒月光吧?心情前所未有地放松和平静。我和那个人说笑、唱歌,在桥上奔跑,在月光下撒欢,疯狂得像个孩子。

再后来,年岁久了,海边晒月光的那些疯狂举动都成了回忆。再逢中秋,两个人一起坐在小几旁,沏两杯茶,食碟里盛几块月饼、几粒葡萄,坐在落地窗前,如老僧入定一般晒月光。间或会说一两句话,更多的时候却是彼此都不言语,静静地看着月亮升起。素秋无声,银月不语,斯时斯刻,说话似乎是很多余的事情,生怕一不小心打破了这片刻的静谧。

光阴最是无情物,一年又一年,中秋、花树、月光都成了光阴路上的回忆。偶然想起那一年,有一点点暖,有一点点痛,有一点点想念。幸好,还有一些东西可以想念,不然日子会多么苍白无趣。

春天的馈赠

我从外面回来，看见邻家的老婆婆提了一个小篮子，在街边的小花园里采婆婆丁。她看见我，笑得很灿烂，说："你看，天气暖了，婆婆丁都长出来了，这几天上火，采几朵煮水喝。"我也笑，看着她手中的小篮子，里面有几朵婆婆丁还开着黄艳艳的小花，一如春天的笑脸，真好。

我去公园散步，看见一个小女孩在公园里玩耍，戏蚂蚁，捉蝴蝶，脸蛋红扑扑的，头发上还顶着一朵小小的迎春花。她双手在空气中轻轻一捧，然后慢慢走到一个年轻女人身旁，说："妈妈，我送给你一个礼物！你肯定喜欢。"

我有些疑惑，停下脚步，不知道她要送给妈妈什么礼物，那掌心里分明什么都没有。她"咯咯"地笑，轻轻地打开双手，摊开掌心说："妈妈，你看，是一捧阳光啊！"我笑了，原来是一捧暖暖的春天里的阳光，这礼物真好。

去乡下，正巧赶上下雨，虽然只是绵绵细雨，但架不住下得时间长,地上湿漉漉的,泥泞不堪,令人心烦意乱。我觉得自己的运气实在太差,挑了这样一个时间点回乡,把我的新鞋子都弄脏了。

舅舅坐在窗前摆弄农具,低头,弯腰,认真的样子不亚于绣花,跟前摆着一堆锄头、耙子、铁锨之类的,放下这个,拿起那个,挨个检查修理,春天种地时它们能派上大用场。好半天,他放下那些家伙什儿,抬头看向窗外,沟壑纵横的脸上绽开笑容,说:"这雨真好,下得真是时候。"我笑了笑,说:"就是,春雨贵如油! 真好。"

天气暖和起来,路上的行人也多了起来,有心急的人早已脱下棉衣,换上春装,有蹦蹦跳跳的小女孩已经穿上了裙子。我一路走,一路感叹,就我还怕冷,穿着大厚衣服,捂得严严实实。行至一处墙外,看见一个老头立在墙根底下,歪着头,侧着耳朵,屏气凝息,不知在干什么。

我乐了,这是传说中的"听墙根"吗? 我也学他的样子,歪着头,侧着耳朵,立于墙根之下。后来,又来了几个人,都不知道我们在干什么,也学着我们的样子,伸着脖子立在墙根下。

半晌,老头转回头,得意地说:"听到什么了? 闻到什么了?"我摇摇头:"什么都没听到啊!"老头笑呵呵地说:"真笨,那么好听的鸟叫你都没有听到? 还有花香也没有闻到?"我有些惭愧,我以为他是在听别人说话呢!

春天来了,那些鸟儿不知道从哪里远道而归,在花枝上跳来跳去,跳上跳下，叽叽喳喳，叫声清灵婉转，仿佛有说不完的话，听着舒心悦耳，真好。

回到家，母亲包了荠菜馅的饺子，炒了香椿鸡蛋。花花草草、芽芽叶叶在母亲的手中像变戏法一般，成为餐桌上清爽可口的下饭菜。母亲笑道："都是你爱吃的，吃点春天，心里敞亮。"我差点笑喷了，挨着春天的边儿，就连母亲也像变了一个人似的，说话都文绉绉的，像诗人一般，我还真有点不习惯。

去郊野踏青，山野的气息扑面而来，我一下子就醉了。那些藏匿在山野林间的花苞，经春风轻轻一吹，便绽开一张张笑脸，明媚清香，在山野间淡淡弥散开来。远山近树都仿佛穿上了仙女的绿纱衣裳，小鸟在树梢啼叫，溪水在那边唱和，春光明媚已十分。

春天像一个美丽慷慨的仙子，毫不吝啬地馈赠给我们许多礼物，温暖的阳光、清新的空气，还有味蕾上恣意绽放的野蔬美味，就连春风都是绿色的，所到之处皆被染上一层薄薄的、朦胧的、透着诗意的淡绿，哪怕眼睛看不到，但心能感受到。

春天的馈赠，也是大地母亲的馈赠，除了感恩，唯有接纳。

风景也在看你

去海边散步,看见一位年轻的母亲,手里牵着一个三四岁的孩童,站在湛蓝湛蓝的大海边。夕阳的余晖洒在海面上,泛着粼粼的波光,海浪翻涌,海鸥在低空盘旋。小孩子稚声稚气地说:"妈妈,大海真美!"

我站在不远处看着他们,心中也在感叹:真美! 蓝天、碧海、鸥鸟、浪花、女人、孩童,眼前的景象就像画一般。他们不知道,我就在他们身后不远的地方欣赏这道美丽的风景。

当然,我也不知道,在我身后不远的地方,是否也有人在悄悄欣赏这道美丽的风景,不同的是,我也被框在画中,原来我也是这道风景中的一道景。很多时候,我们在看风景的时候,独独忘了我们自身也是风景,忘了风景也在看我们。

很多时候,眼睛看到的,心不一定能看到;心看到的,眼睛才会看到。置身于美丽的风景中,只有身心合一,才不会辜负美景当前。

人是一种很奇怪的动物,有时候明明置身于一片明丽的风景中,明明眼睛在看,心却视而不见,直接选择忽略,停留在自己的世界里,被心绪牵引着去往荒凉之地。

春日,水光潋滟,绿柳如烟,湖光水色春正好。树上鸟鸣婉转,带着活泼的圆润水音,欢畅悦耳。远处花朵正繁,灿如天边的霞光,美不胜收。可是有时这景色和心境像两条并行的钢轨,互不搭界,互不干扰,各自伸向远方,心中升起丝丝缕缕的怅惘。

静夜,月光如水,花影摇曳,虫语低唱。风像一位不速之客,轻扣柴门,穿帘而入,不请自来。远处,灯火璀璨,温暖着黑漆漆的暗夜,每一盏灯的背后都有一个不一样的故事。这样的夜晚,心却兀自跳出风景,到处流浪,不知不觉中与寂寞撞了个满怀。

出门,左转,左转,再左转,转到一个小广场上。一位老者在打太极拳,白衣飘飘,仙风道骨,有一种超凡出尘的味道。另一个角上,一个年轻人在吹萨克斯,曲调悠扬浑厚。街上车流滚滚,人来人往,一片盛世繁华。我在城市的一隅,没有看到风景,却看到内心的孤单。

失意、怅惘、烦恼、孤单皆由心生。生活潦草,日子恓惶,工作没有起色,学业荒废,心境杂乱无章,心中不知不觉结下一枚死扣,任由你手忙脚乱,却怎么都解不开。

很多时候,你在看风景,风景也在看你。看你愁眉紧锁,看你仓皇失措;看你眼神空洞,看你束手无策;看你焦灼烦恼,内心像有一个巨大的黑洞,吞噬掉所有的一切,只留下一个丑陋的模样在风景里。

如果人生是一次长途跋涉,那么我们每个人都是这趟旅途中的行者。匆匆忙忙中,我们丢失了很多东西。有时候,我们疲于奔命,无奈之中丢掉很多东西;有时候,我们已经背负了很多东西,不堪重负时只能选择舍弃一些东西。粗心之人把心弄丢了也是常事,很多风景眼睛看到了,在心里却没有留下任何痕迹。也有人不经意间心中落下灰尘,无法感知世界的美好,眼中看到的是浑浊和模糊,花非花,雾非雾。

总以为最美的风景在路上,总以为最美的风景在远方,其实最美的风景就在每一个人的身边,最美的风景就在你心里。如若不入心,再美的景致也是徒然,入到眼里的不过是混沌一片,又或者视若无物。

"竹密不妨流水过,山高岂碍白云飞。"烦恼也好,忧伤也罢,不过是人生路上的一个附赠品,一个人怎么能抱着赠品过一生?什么都无法阻挡一个用心生活的人。不信你看,生活就像照镜子,你笑,镜中人也笑;你哭,镜中人也哭。既如此,何不安静下来,周遭的世界也会变得静谧安然、澄澈如初。

现代文学评论家、翻译家卞之琳说:"你站在桥上看风景,看风景的人在楼上看你。"你看风景,风景也在看你;你是别人的风景,别人也是你的风景;你装饰别人的梦,别人也在装饰你的梦。所以,无论身处何地,都不必羡慕别人。不论身处何境,都要保持一颗平常心。任万物消长,此起彼伏,从容淡定地自在应对,知行合一才是最美的风景。

第三辑

柔软且有力量

目光的重量

每个人的内心深处都积攒过一些目光,鼓励的、温柔的、深情的、真诚的,冰凉的、冷漠的、仇视的,尖锐的、焦灼的、痛苦的、困惑的,等等。目光是一种复杂的情感传递,有质感,有层次,也有力量。

每每在记忆中打捞,常常忘记了某些具体的场景和细节,却能真切地记得一双双眼睛、一束束目光,它们存储在身体里、脑海中,翻山越岭,穿过层层黑暗和阻挡,投射到记忆的屏幕上。

有一年,去山里游玩,我被一条大河阻挡了去路,大河虽不深,但却宽,且没有桥可过。河中有一些垫脚的石头,大小不一,距离不等,在深且急的大河中,权作桥。

我自恃身手不错,飞身而过,不成想半路上脚下一滑,掉进水中。鞋子湿了,裤子也湿了半截,穿着装满水的鞋子,走路时发出"噗噗"的声响。那些在树下玩耍的孩子,看见我狼狈的样子便捂着嘴笑,于是我便不管不顾地坐在河边一棵古树下歇息,等鞋干。

那棵树粗且大,华荫如盖,一群半大的山里孩子在树下玩耍,三三两两,他们或捉蝴蝶,或藏猫猫,或拿一根小草戏弄蚂蚁。有一个十多岁的小男孩,独自蹲在地上,静静地盯着一只小小的蜗牛慢腾腾地往牛筋草上爬。

他转头看见我这个陌生的闯入者,便停止了游戏,有些害羞地说:"我帮你把鞋子拿到河滩上晒晒吧? 那里太阳大,干得快!"

我问他:"为什么河滩上的太阳大,这里的太阳小? 天上不就挂着一个太阳吗?"

他挠挠头,想了一下,说:"我也不知道,我妈说河滩上的太阳大。"他一脸无辜地看着我,眼神清澈纯净,笑起来有两个深深的酒窝,眼睛眯成一个弯弯的月牙,牙齿雪白。

我摸摸他的头,说:"你妈妈说得对,不过不是因为河边的太阳大,而是因为河边的沙子和石头多,吸热升温比较快。"

那些在旁边玩耍的孩子们听见我说的话,慢慢聚拢过来,围着我问东问西。其中一个孩子说:"听说高铁特别快,到底有多快啊?"另一个说:"我就知道有地铁,怎么还有地下铁和地上铁?"又一个说:"我跟爸爸妈妈坐飞机去海边,速度可真快,如果我也有翅膀就好了。"

那些孩子朴实、天真、活泼、自由,他们不说花、不说草,也不说树,不说他们熟悉的大山、河流、野果、虫子,他们嘴里说的都是外面的世界,眼神里流露出来的是向往和殷切。

风,软软的;云朵,白白的,一会儿来,一会儿走。我和那些孩子坐在树下闲聊,说到开心处,笑声便像长了腿似的,在河滩上奔跑。

一个扎着羊角辫的小女孩沉默了半天,忽然问我:"我爸和我妈都去城里打工了,他们什么时候能回家?"我不知道该如何回答这个孩子的话,她的眼睛里有亮晶晶的东西在闪烁,是忧伤,是期盼,还是别的什么?

我不敢看她的眼睛,低声说:"快了快了,也许等过年的时候他们就回来了。"小女孩黯淡的目光忽然亮了一下:"我奶奶也是这样说的。"我心虚地看着别处,不敢与她对视。

如果目光有重量,那是几斤、几两、几钱呢?

山里的太阳很大,我的鞋子很快便干了,穿着松软的鞋子走路很舒服。鞋子里仿佛藏着一束阳光,踩上去暖暖的。我和那些孩子挥手告别,继续我余下的旅程。走出去很远后依然觉得后背发热,我知道,这是那些孩子的目光,不用回头我也知道,他们依旧在那棵古树下目送我。

回来后很长一段时间,我脑子里满满都是那些孩子期盼和向往的目光,赶也赶不走。特别是那个盼着父母回家的孩子,她的眼神里有种动人心魄的力量。

我相信目光是有重量的,有时候沉甸甸的,重得接不住;有时候像一把锋利的小刀,能刺得人遍体鳞伤;有时候像 X 光,会将人照得无处可逃;有时候像温暖的阳光,能抚平心底的忧伤。

有光的文字

　　读初中的时候，有一个和我关系非常要好的女同学要转学，我心中特别不舍，想送给她一个礼物留作念想。那时候特别时兴送钢笔或者日记本。如果送日记本，还会在扉页上写下几句祝福的话，可是凭我和她的友谊，怎么能像别人那样，也送她钢笔或日记本呢？

　　我知道她特别喜欢读诗，就托人在大城市买了一本《飞鸟集》，打算送给她，可是送她之前，我又有些犹豫了：这么好的书，我自己还没有读过，是不是可以先读一下，然后再送给她呢？我小心翼翼地翻开书页，为了不把书弄脏，每次翻阅之前，都特意用香皂先洗一洗手，然后再读。

　　谁知一读便放不下了，那些美丽的诗句仿佛在向我招手，如云端霞光，流光溢彩，我怎么能这样就把书送人了呢？思来想去，我想到一个笨办法，选了一个漂亮的日记本，把那些诗都抄下来，然后再把书送给女同学，这样一来不是一举两得吗？

　　那不是我第一次抄书，之前抄过，之后也抄过，喜欢的格言、语录、歌词、书中的段落，凡是遇到喜欢的，都抄在日记本上。我像一个赤足走在秋天田野上的孩子，不管是谷穗、豆粒、野果，只要见到都会捡拾到我的筐里。普希金、拜伦、顾城等，都曾是我日记本中的过客。那些长长短短的句子，那些刻骨铭心的文字，散发出无与伦比的光芒，在我的日记本里缓缓流淌，照亮了我荒芜而贫瘠的青葱时光。

抄书这件事情在我的少年时代并不稀奇，当时很多人都抄过书。我读过坊间流传的手抄本小说，也读过村里最有学问的老人家的藏书，他的藏书中亦有手抄本，字体清秀俊雅，读起来常常使人忘记时间。

抄书其实是一件挺划得来的事情，书不仅是最好的老师，也是最好的朋友，抄书就是跟老师学习，跟朋友探讨，同时还能磨砺人的心性。抄书能静心，能练字，能长见识，能丰富阅历，还可以吸收精华，疗愈内伤，闲暇时抄书可谓是一举数得的好事。

古人爱"盘玉""盘古董"，我们家里没有这些东西，抄抄书，"盘盘文字"，也不错。我像一只小小的蜗牛，勤奋而努力，不停地在书中奔跑，把自己喜欢的文字，一个个搬进我的小仓库中，搬进我的日记本里。我亦像一只小小的蝴蝶，扇动着美丽的翅膀，在文字的王国里遨游。书中那些美丽的风景、微妙的内心世界、复杂的眼神、纵横交错的走向，常常令我迷失。江南烟雨、北地风光、沧桑大漠、荒凉边塞，一个个辽阔的世界铺展在我的眼前，我会为一个词而鼓掌，为一句话而惊喜,为一个我意想不到的结局而亢奋。我足不出户,就已经去了很多地方,见过人心,赏过美景,被一个五彩斑斓的世界所吸引。

简陋的石头房子里,窗前开着大丽花,篱笆边蹲着板凳狗,我坐在一张简易暗旧的小书桌前,一笔一画,一横一竖,虽然辛苦,但心中是欢喜的。读书和吃饭一样重要,吃饭喂养身体,读书喂养灵魂;不吃饭身体就垮掉了,不读书灵魂就饿瘦了。不管什么书,每天读一点点,让身体和灵魂同时丰盈起来,人生的路才能走得长远。

那些有光的文字,照亮了黯淡无光的岁月,如同一粒粒粮食,在胃里走了一圈,化成血液进入心脏和大脑,最终变成人生的养分,支撑我们去更远的地方。

剪　枝

　　秋尽冬来，树叶都落光了，邻家老伯在他家的小院子里整理泥土、修剪花木，以待来年蓄势再发。

　　那些花木，繁盛期早过了，花也努力地开过，叶也努力地绿过，如今只剩下光溜溜的枝干，或笔直向天，或旁枝斜逸，像大海退潮之后，礁石都裸露出来。哪是虚枝，哪是实叶，明眼人一下子就能辨别出来。

　　邻家老伯修剪得很认真、很仔细。他的小院里有扶桑、木槿，还有月季。我认不出哪是藤本月季，哪是香水月季，邻家老伯却如数家珍，他的"藤绿云""兰月亮"被他当成宝贝一般，每次看到它们都是笑眯眯的。

　　我看他剪枝，手起刀落，毫不犹豫，不禁有些心疼。他嘿嘿地乐，说："我剪的都是些稀疏冒进的虚枝，如果不剪掉，它们就把养分抢光了。"果然，那些可留可舍的花枝，他左右端量，犹豫再三，不忍下剪；而那些老枝他是不会动的，老枝敦厚，不争不抢，低调内敛。

　　我知道剪枝是为来年更好地生发，是为保存实力，可是我的心中还是有些不忍。

住在乡下的那些年，每年冬天，二舅舅都会来我们家的小院子修剪果树。老家的院子里有苹果树、桃树、枣树，后院还有一棵杏树。每年春天，杏花娇，桃花艳，枣花香，苹果花一嘟噜一串串，招引得小蜜蜂"嗡嗡"乱窜。远远地看着，那几间低矮的石头房子倒似在花海云间。

我喜欢这些果木，不仅能开出好看的花，还能结出香甜的果，所以二舅舅每每拿着大剪刀来剪枝，我都很生气："好好的苹果树，没招你，没惹你，干吗要跟它们过不去啊？"二舅舅把树剪得光溜溜，满地枝丫，像个事故现场，惨不忍睹。

有一次，二舅舅又来剪枝，我放学回家，刚好看到二舅舅踩着梯子，腰里挂着工具袋，手里握着剪刀，一副胸有成竹的模样。我看着满地的树枝，一下子慌了，抱住二舅舅的腿不松手。二舅舅笑了，说："剪几个树枝你就难过成这样了？你看看河边那些没剪的树都长成啥样了？树跟人一样，该修理就得修理，该剪掉就得剪掉，不修理不成材。"

河边那些树长得歪七扭八、低矮无状，怎么能跟我们家的果树相比？我们家的果树是会开花结果的，二舅舅剪掉的可是来年春天的花、来年秋天的果。我的花，我的果，就这样一剪刀一剪刀的被二舅舅毫不留情地剪掉了。

记得那天，我好像是忍不住哭了，哭得像花脸猫一样，可二舅舅并没有因此而手软，依旧拿着剪刀"咔嚓、咔嚓"，一会儿工夫，院子里两棵苹果树、四棵桃树、一棵枣树以及后院的杏树，全部被"咔嚓"完了。

第二年，再看那些果树，果然是花繁叶茂、果实累累，二舅舅果然没有虚言，我竟从心里有些佩服他。

我看着邻家老伯精心修剪花枝的样子，颇有些二舅舅当年的风采，心中不禁感慨，人生多么像一棵树，会有枯枝败叶，也会有虚枝冒进，而且上面挂满了各色果子：焦虑、抱怨、欲望、患得患失，压弯了一树繁枝。只有像邻家老伯这样，狠下心来修剪一翻，剪掉枯枝、虚枝，来年春天才能开出又香又美的花，结出又大又甜的果。

"舍得"这两个字很有意思，看透不易，做到更难，舍与得之间有大学问。有些东西舍也就舍了，可是有些东西看似珍贵难得，说舍哪有那么容易？当下只看到"舍"，谁会看到将来遥远的"得"？就算看到了，谁又等得及？

人如树，实有修剪的必要，那些不必要的枝枝蔓蔓，那些旁枝末节，只有剪掉，才会有空间，才能透进阳光，才能长势更好。

小时光

　　我常常会想起年少时的一些事情、一些片段,忍不住回望成长的路。在每个人长长的一生中,年少是一段美丽的小时光,而小时光中的"等待"则是一种温馨的情愫。那段小时光因为头顶上的屋檐,因为父母的庇护,变得梦幻而美丽。

　　小时候,我们习惯放学后,一边写作业一边等爸爸妈妈下班回家,期待着爸爸妈妈的手提包里有我们喜爱的红苹果、大鸭梨、烤鸭、烧鹅……想着想着,就会狠狠地抿几下嘴唇,生怕一不小心有口水流出来。

　　当然,这种期待常常会落空,我们也常常会失望,若不是什么特别的日子,爸妈通常不肯舍得花很多钱买那么多好吃的,更不会冒着下半个月喝西北风的风险换取一顿美餐。然而,不管怎样,我们还是会不甘心,内心里那个小小的期待一直都在,每天都在等待中享受着煎熬的美好。

　　上中学时,我暗恋班上的一个男生,日思夜想,以致上课跑神,当时觉得那男生帅气阳刚,哪儿哪儿都好,声音好听,眼神明亮,长相靠谱。眼瞅着不见的工夫,心就慌慌的,偷偷塞一张纸条给那个男生,然后就是无休止的等待。我像做了坏事一般,偷偷立在蔷薇花下,等待那个男生来赴约。黄昏的阳光美得耀眼,我左等不见,右等不见,一直到蔷薇花变成一个隐隐约约的轮廓,也不见那个男生来赴约……

年龄渐长,长到青春所剩无几,慌慌张张地去相亲,一次又一次,像打仗一样,迅速地转换战场,一直到精疲力竭。终于对一个男人有了一点感觉,于是两人相约在一家新开的咖啡馆见面。

天空中飘着小雨,我撑着伞走到拐角的那家咖啡馆,要了两杯咖啡,一个人坐在那里,用一把小银匙轻轻搅动杯中的咖啡,在袅袅的香气中慢慢品味着等待的滋味。那个人打电话来说他临时有事儿来不了了,我在等待中度过了一个美好的下午。临走时,回头看了一眼咖啡,一杯尚满,一杯已空。

不能否认,年轻时有很多等待都是美丽的,不求结果,只求过程。尽管虚掷了大把的光阴,但是因为年轻,感觉那光阴并没有如金子一般的光彩,只贪图等待的美好。

后来的日子变得仓促而慌张,满是柴米油盐,鸡飞狗跳,偶然想起年少时的小时光,心中恍若隔世。那些单纯而美好的小时光,如梦一样,隐藏在人生最初的地方,每每想起,心中便有柔软缓缓升起。

给自己点一盏心灯

人生之路总是蜿蜒曲折，漫长的旅途中总会遇到坑坑洼洼、坎坷崎岖的路。在必经的途中为自己点亮一盏灯，或者为别人点亮一盏灯，都是很正常的事情。

可是你见过一个盲人为自己点亮一盏灯吗？

有一个禅理小故事，说一个苦行僧四处寻佛，在一个漆黑的夜晚，遇到一个双目失明的盲人，手里提着一盏灯为自己照路。他百思不得其解，便问盲人："你是在为别人照路吗？"盲人说为自己，因为夜色漆黑，每一个人都看不见，他怕别人不小心撞到自己。苦行僧顿悟："人的佛性就像一盏灯，即使我看不见佛，但佛能看见我。"

人这一辈子，谁都会有一段走在黑暗中的日子。人生的低谷、事业的不顺、爱情的纠葛、婚姻的坎坷……种种的不如意，谁都无法规避。荣辱浮沉不过是人生旅途中的风景，痛苦磨难不过是路上的小山包。

大诗人苏轼一生经历过无数坎坷，后半生更是数次被贬谪，在千山万水、长路漫漫中，他不仅要承受精神上的孤独、生活上的困窘，还要承受身体上的劳累和病痛的折磨，在颠沛流离中完成精神上的释然和升华。

很多人都喜欢苏轼，每个人的心中都有一个不一样的东坡先生。他才华横溢，乐观豁达，喜怒哀乐皆成诗。很多人都喜欢他对生活的态度——无论身处什么境遇之下，都能保持一颗对生活的热爱之心。

台湾作家余光中先生曾说："旅行，我不想跟李白，因为他不负责任，没有现实感；我也不想跟杜甫，因为他太苦哈哈，恐怕太严肃；而苏东坡就很好，他很有趣，我们可以做朋友。"

东坡先生的确是一个很有趣的人，他被流放到海南时食蚝而美，给儿子写家信说："无令中朝士大夫知，恐争谋南徙，以分此味。"意思是说，儿子啊，海南的生蚝老好吃了，别让朝中那些大臣们知道了，他们会抢着来这儿吃的。

海南在当时是一个荒凉之地，不然朝廷也不会把他贬谪到那里，真有苏轼口中说的那么好吗？当时的海南是孤悬海外的蛮荒之地，加上风涛瘴疠肆虐、毒蛇猛兽遍野，自然环境恶劣，是当时最偏远、最荒凉的流放地。苏轼是一个天性乐观的人，他用苏式幽默安慰儿子，除了怕亲人挂怀，可能对世事真的已经看开、看淡了，真正达到了随遇而安的境界。

苏轼除了写字画画、吟诗作赋，还潜心研究医道，此外，他爱美景、爱美食、爱交朋友。那些被冠名"东坡"的食物，千年以来倍受人们追捧，像东坡肘子、东坡肉、东坡鱼、东坡汤、东坡饼等。他不但研究配方，而且还亲手制作，自制自销，吃得不亦乐乎，还写出关于饮食的系列文章，最经典的当属《老饕赋》，在吃饱喝足之后，面对的又是一个全新的世界。

苏轼在悲凉困顿的人生境遇里，成功地将儒、释、道融合在一起，在雅俗之间游走自如，在困苦磨难中潇洒而来、自由而去，不为世俗所累，不为生活所迫，无论多么困窘，都活出自己的大气，他有范儿、接地气儿，形成自己独特的人格魅力。他在逆境中为自己点亮一盏心灯，用诗、用美食、用旷达超然的精神去照亮世界、照亮自己、照亮别人，在逆境中把日子过得有声有色。正如丰子恺先生所说的那样："你若爱，生活哪里都可爱。"

我想起那位苦行僧顿悟时说过的一句话："人的佛性就像一盏灯，即使我看不见佛，但佛能看见我。"这句禅语让我懂得：生活着，热爱着，是一件多么重要的事情！只要热爱，哪怕是"一蓑烟雨"也能走成春暖花开、清风徐来。

在浮躁喧嚣的尘世里，为自己点一盏心灯，驱除黑暗，照亮自己，也照亮别人。不想过去，不贪未来，安好行走，比什么都好。哪怕生活中充满阴霾，我们暂时看不见美好，但要相信美好一定存在，而且就在离我们不远的地方。美好也一定能看见我们，只要我们好好生活，不放弃，终有一天我们会与美好重逢。这是生活的信念，是需要我们自己点亮的心灯，是支撑我们走下去的勇气。

柔软且有力量

路过街心花园,一个小女孩在广场上喂鸽子。成群结队的鸽子在广场上空盘旋、低回,伴着好听的鸽哨,最后慢慢落在广场上。小女孩穿着白衣,梳着马尾,蹲在那些鸽子中间,像个天使。

她一边给鸽子喂食,一边和那些鸽子们说悄悄话。那些鸽子并不怕人,三三两两地围在她身边啄食,有一只鸽子甚至停留在她的肩膀上。不远处,一个年轻的女人嘴角上扬,微笑着望向她。

去早市买菜,人多,且嘈杂。卖水产的地方向来拥挤,且地湿路滑,一个胖太太不小心打了一个趔趄,幸好旁边一个卖海鲜的姑娘眼疾手快,扶了她一把,她才幸免摔倒。

等她站直了,便用力甩开姑娘的手,没好气地说:"别碰我!你也不看看你的手有多脏,弄脏了我的新衣服,你赔得起吗?"周围的人都替姑娘不值,卖海鲜的姑娘也不恼,笑嘻嘻地说:"阿姨,别生气,您要是摔坏了,可不是一件衣服的事儿。"

每次出入小区,都需要用门禁卡开门,所以每次出门前,我总是一遍遍检查是否带了门禁卡,以防被关在外面进不来,或者被关在里面出不去。最近发现,不知道从什么时候开始,这种担心成了多余,因为大多数时候,门禁卡都派不上用场,进出小区的时候,前边的人总会在门口等上几秒,留一会儿门给后面的人。久之,我也是,发现有人要出去或要进来,便在门口稍待片刻,与人方便。

年少时光,总觉得"父亲"这两个字坚硬且沉默,一提起来便觉得害怕,一看到便想逃跑。

有一年,我生病了,据说很严重,连学校都不能去。我第一次看到父亲慌里慌张的样子,他骑自行车载我去医院看病,每天下班回来都会问好些没有,他甚至还捉了几只萤火虫放在瓶子里给我解闷,还给我做了一只萝卜花灯,我特别喜欢。我一直以为父亲是忽然间变得柔软了,多年以后才懂得,那柔软其实一直都在,只是表达的方式不一样而已。

下雪天,我伸出双手,一片柔软的小雪花从天空旋转着飞舞而下,落于掌心。不大一会儿工夫,那片小雪花便在掌心融化成一滴水。我想,那一定是因为内心的柔软和掌心的温度。

柔软不是稀泥,而是清水;柔软不是委曲求全,而是一种力量。柔软是人性中如水的那一部分,如婴儿之柔,如女人之软,是冷漠、坚硬、粗暴的对立面。

一颗柔软的心会长出很多纤细温柔的小触须,在生活的各个角落中细细探寻。一棵树、一朵花,沉默的老人、迷路的孩子,受伤的小鸟、流浪的野猫,生活中的点点滴滴都是种植善良、长出柔软的土地。

贪婪能使人覆灭,嫉妒能使人焦灼,仇恨能使人迷失。还等什么?何不来一次彻底的大扫除,清除垃圾和污垢,在心底种上春光明媚,种上夏木葳蕤,种上秋野金黄,种上冬雪皑皑,种上四季之美,种上风光无限。

很多时候,心柔软了,世界也就柔软了,看人看事也就顺眼了,用一颗柔软的心看世界,你会发现我们生活的这个世界有多美。

柔软是人性中最美好的品质,是一个人内心深处最大的善良和悲悯,一点一滴滋润干涸、浇灌枯萎。

不是所有的人生都需要大动干戈,也不是所有的事情都需要费尽周张,很多时候,强硬并不能使一个人屈服,柔软却能使一个人感动。上善若水,只要柔软,就足以融化坚冰,温暖世界,丰盈人生。

一滴泪的温度

露珠是花朵的眼泪,琥珀是松枝的眼泪,雪花是冬天的眼泪,雨水是天空的眼泪。而爱,催生了我的眼泪。

小时候,我是一个倔强而任性的孩子。五岁的时候,因为生病,每日打针吃药,终不见好,遂不肯再吃药,不管谁来劝说都无济于事,梗着脖子,一副视死如归的模样。

父亲端着白底绿花的小碗,拿着两片药,劝我把药吃了,甚至还拿了两颗水果糖做诱饵,可我不上当,说什么也不肯吃。起初父亲和颜悦色,继而耐着性子说:"不吃药,病怎么能好呢?乖乖地把药吃了。"我低头不语,父亲恼火,把碗"哐当"一声摔到地上,吼了一声:"爱吃不吃。"

我流着眼泪,乖乖地把药吃了。父亲笑着说:"这孩子倔得像一头小毛驴,牵着不走,打着倒退。"

小时候的糗事,如今每每想起,总是忍俊不禁。我和妹妹年纪相仿,小时候不管什么东西都会争个长短,一件新衣服,一双新鞋子,一本小人书,都可能是我们争吵的导火索。有一年暑假,她放假回家,我们为争一个书架而起了争执。妹妹想放她的书,而我想放我的书,谁都不肯相让。争执的结果是赌气、不肯说话、不肯吃饭。为此,父亲把我狠狠地批评了一顿。一气之下,我离家出走了。

我能去哪里呢? 家门前有一条小河,我坐在河边的柳树下生闷气,觉得父亲偏心,只批评我,不批评妹妹,所以天黑了,也不肯回家,看着天上的星星发呆,心中害怕却又不肯妥协。

家里人都出来找我,父亲发现我时,我正坐在柳树下生气。父亲拍了一下我的头,说:"你这孩子,怎么这么傻啊!"看见父亲的那一刻,我的眼泪不争气地流下来。

年轻的时候,我喜欢把漂亮的衣服当成盔甲,以为有了一件漂亮的衣服,就会成为全世界最漂亮的人。可惜那时候囊中羞涩,想买一件衣服要盘算好久,所以每每路过百货公司的橱窗,都会在大街上引颈张望,流连很久。

为一件衣服皱眉,为一件衣服苦思冥想,是不是很没有出息? 年轻时,为了一件漂亮衣服,我曾经做过很多傻事儿,不吃不喝,节省一切开销,到头来也不过是杯水车薪,望衣兴叹。

求衣不得,辗转反侧。没有想到的是,父亲去上海出差,回来时给我买了一件呢子外套,很时尚的样式,拿在手里暖暖的,穿在身上觉得自己变成了小城里最漂亮的人。

至今，一想起那件呢子外套，心中仍然有意外之惊喜。一路走来，有些事能忘，有些事却是一辈子都忘不了的。

按理说，结了婚的人就应该是大人了，吃药、买衣这等琐事都已成为小菜一碟，可是想不到又出现了一个新的问题：别看我这人平时好像胆子挺大，可是只要大眼镜先生出差不在家，我便不敢一个人待在家里。

刚结婚那几年，我住在郊区，人生地不熟，心中有些胆怯和害怕。那时候父亲还没有退休，每每从小城赶过来和我做伴，我心中都有些不忍，父亲一路舟车劳顿，只为我能睡一晚安稳觉，我是不是很自私？

父亲并不介意，说："多大点事儿，别放在心上。"父亲是个嘴很笨的人，不大会说话，但我明白，他心中就是这个意思。

光阴最不经混，从指缝间悄悄流逝掉，可是无论如何，我都知道，父亲一直是站在我身后的那个人，给我勇气和力量，支撑我走下去。哪怕父亲老了，在我人生的至暗时刻，仍能掷地有声地说："别怕，有我在，什么都不用害怕，有我吃的，就有你吃的，怕什么？"

听了父亲的话，我心中不是滋味，活了一把年纪了，还要父亲操心，我怎么这么没出息呢？眼泪不争气地流下来，摸一把，滚烫。

是的，眼泪是有温度的，滚烫滚烫地从我的心底流出来，跃过黑暗，跳过岩石，踏过煎熬，最后遇上一棵树，那滴泪便在树梢悄悄盛开。

满树的繁花，那是藏在心底的爱。

第四辑

指尖茉莉白

指尖茉莉白

盛夏,茉莉花恣意绽放,绿幽幽的花田里,一棵挨着一棵,一垄挨着一垄,花枝相互交错,花叶碧绿油亮。花朵虽小,却是莹润有香,是窨茶的上品。

正午时分,摘花人在田间忙碌着,大太阳炽热地烘烤着大地,摘花人头上戴着斗笠或头巾,但仍然抵挡不住太阳的热气,汗水止不住地流下。摘花人腰间系着竹篓或花袋,两只手在花间来回穿梭,手指尖在花枝上轻轻掠过,三个手指头轻轻一拈,一朵又一朵,茉莉的花苞便轻轻落进腰间的器物里,带着一缕馥郁的芬芳。

采花是个细致活,指间茉莉香,靠的是眼尖、手快,要看得准,下手稳。采摘的是花苞,而非花蕾。花苞洁白、饱满,有香,正是欲放未放之时,正是花朵一生中最灿烂的年华。花蕾则瘦小、色青,香逊,离花苞尚有距离,是花朵一生中的青涩时光。

花田很大,有上百亩吧!放眼望去,一片辽阔。天上白云朵朵,地上茉莉飘香,天地之间,香风习习,绿色在地面上恣意流淌,星星点点的白漂浮其中,如繁星闪烁。阳光下,万枝摇曳,香飘绿野。茉莉叶的绿,油亮油亮的,像涂了油脂一样;茉莉花的白,透着隐隐的绿,清新淡雅,如锦似缎,触摸起来很有质感。

她在田间采花的样子很美。她头戴斗笠,身穿白衣,腰间系着一个竹篓,站在花田中间,如同站在一片汪洋的绿色中;远远地看着,好像一朵大大的会移动的茉莉花,盛开在绿幽幽的花田里。

她像候鸟一样,每年夏天都会飞到这片茉莉花田摘花。她动作麻利,眼疾手快,两只手上下翻飞,一朵朵细小的茉莉花花苞便落进她腰间的竹篓里,令人眼花缭乱。这些细小有香的花苞,后来不知道会遇到哪一片新茶,与之互相洇染,互相窨制,耳鬓厮磨,谈一场人间的恋爱,最后变得你中有我,我中有你,再也分不清彼此,分不清谁是谁。

这样想着的时候,她不由得笑了。

有人叫她花农,她也不在意,叫就叫呗,有什么要紧的?她不是种花的花农,她是摘花的花农。花开的季节,她像候鸟一样从远方飞来,落在茉莉花花田中。整个夏天,她在一块又一块种满茉莉花的田垄中流连,来来回回奔走,用手指在花间写诗。

她喜欢摘花,只摘茉莉花,她喜欢那些没有露珠、干生生、白嫩嫩的茉莉花,它们香得纯粹、美得惊心。花开一朵摘一朵,她像诗人一样行走于旷野中,沉浸在自己的世界里。因此,摘花这件事并没有使她觉得有多苦。

摘花的时候,她会顺手采一朵茉莉花簪在鬓边,美滋滋地站在山野中,好不好看不重要,喜不喜欢才是她的选择。

有时候,她也会想到小女儿仰着红扑扑的小脸蛋稚声稚气地问她:"妈妈,摘花是不是很辛苦？我不要新裙子,也不要新书包,你是不是就不用去摘花了？"她笑着说:"妈妈喜欢采花,茉莉花那么香、那么美,妈妈喜欢还来不及呢,所以不辛苦。"

想到女儿,她的心中便觉得很甜很甜,手中的动作也不由得更快了。眼前的茉莉花仿佛瞬间都开了,像小女儿的白裙子,晾晒在明媚的阳光底下,风一吹,悠来荡去。

一瓣一瓣,一朵一朵,绿蒂白花,小巧玲珑,惹人怜爱。摘花,听上去很诗意,其实很辛苦,站在大太阳底下,不摘花尚且冒汗,何况要不停地弯腰摘花。指尖茉莉白,她的手指在花枝上轻轻掠过,一朵朵茉莉花便跑进了她腰间的竹篓里,直到花将竹篓填满。满篓的花,香得人头晕;满篓的花,如镶了绿托的白云;满篓的花,像女儿天真的笑脸。

墨香致远

墨,是老墨;香,是松香。

嗅着墨香,一路寻至东厢。门,虚掩着,轻轻推开那扇陈旧的木门,"吱呀"一声,在空旷的回声中,眼前"哗啦"一下就亮了:那些大红的条幅被折成虚格,每一个虚格里都卧着一个好看的方块字,从"江南杏花春雨",到"塞上大漠孤烟",外祖父笔走龙蛇,伏案疾书,正在给村里人拉对子。

我搬了一个小板凳,踩上去刚刚好能够着书案。我摸摸笔筒里的狼毫,又拿起砚台上的老墨,再看看外祖父,他如临风少年,写的对子字迹俊逸,笔触苍劲。满屋都是红纸黑字,案上、椅上、炕上、柜上都有折满虚格的大红条幅。我置身其中,情绪渐渐酝酿饱满,如外祖父笔端的那一滴浓墨。我拿起狼毫,也学外祖父的样子,在红纸上涂涂抹抹。

外祖父眼疾手快,一把抢下我的笔,微嗔佯怒,把我从小板凳上抱下来,放到地上,点着我的额头说:"你就会捣乱,以后你改名叫王捣乱吧!"站在那些等待晾干的大红条幅中,我哭了,从此有了一个不雅的绰号,叫"王捣乱"。

老墨,新红,相得益彰。喜欢墨香,终究是因为那些对联吧!

一块老墨,如禅定的老僧,在砚台里一圈一圈旋转,墨汁便一圈一圈漾开,墨香也随之氤氲开来。研磨亦如做人,最能磨炼一个人的心性,手劲、心劲都要恰到好处。墨汁浓酽有光,提笔蘸墨,在大红纸上游走,苍山、寒水、云霞、虹霓静静地从笔端流出,墨的魂便以另外一种方式落地生根。

小学三年级时,学校开有书法课,许多同学都愁眉苦脸,因为毛笔字实在太难写了,需正身、悬腕、敛气,然后描摹米字格里的虚字,当然,也叫临帖。就算是临帖,也是暗藏玄机,一横一竖,一撇一捺,舔墨、笔落、折转、收笔,手起笔落间,当是行云流水,一气呵成。墨香与身心融为一体,心为筋骨,气成精魄,妙笔生花。

对于我们这些从来没有写过毛笔字的孩子来说,写毛笔字简直是受罪,手腕虚浮无力,握着毛笔的手颤抖半天,往往还没有落笔,一滴大大的墨汁便悄然滴落到纸上。这还不是最尴尬、最出糗的事,常常是上完一堂书法课,好多同学都变成了花脸猫,字没有写好,墨汁却弄得满手满脸满衣襟,用老师的话说,这哪里是写字,分明是画地图。

冬天临字帖最是遭罪,小小的石头房子并不保暖,"天大寒,砚冰坚",一方小小的砚池,山浮水浅,不是干涸就是结冰,写着写着,笔尖涩滞,指尖通红,内心的平和之气在不知不觉中跑到"爪哇国"去了。每次用心临帖,都盼着老师能多给几个红圈,到头来,只是纸上多了几滴大大的泪水,把墨迹都洇染花了。

墨香致远,字里乾坤。草书,如"飞鸟出林,惊蛇入草",豪放不羁之中,方显真性情;隶书,讲究"蚕头燕尾""一波三折",坚实端正,俊美流畅;楷书,集美观与实用为一体,"骨涵于中,筋不外露",更像一个得道高人。

对于墨,我内心深处始终又敬又畏,轻易不敢触碰,不是怕写不好,而是每一滴墨、每一个汉字都有深邃的意蕴,都有传世的渊源,它包含了哲学、美学,甚至诗歌、典故和历史等诸多学问。

不知道从什么时候开始,周边的人都开始潜心于墨,月光花影中,舍弃了灯红酒绿、杯盘之欢,潜心于墨香之中。在砚池中研墨,写几行小字,把日子过得有水墨之趣。前段时间,小眼镜先生给我买了纸墨笔砚,我将其藏于柜中,得闲便拿出来看看,却不敢轻易动笔。

不急,等身闲了,等心静了,再在墨色中洇染属于我的快乐。

天 衣

年少时光,青葱岁月,是最爱臭美的年纪。

记得有一次,我妈要带我去一个亲戚家里做客,我兴奋不已,提前好几天便为穿哪件衣服而纠结,站在镜子前面左顾右盼,是穿那件小碎花的圆领衫好呢,还是那件厚重的大外套好呢?

那时候,我刚刚上中学,虽然对美的理解似是而非,但心底对美的向往却非常强烈。对衣服鞋子也有诸多自己的小想法,但当时生活困窘,留给我发挥的局限性很大,所以常常做出一些令人匪夷所思的举动。

小碎花的圆领衫是住在大城市里的姑姑送的,白底绿花,荷叶领上有粉色的锯齿形花边,好看、洋气,远远地看着,像一片碧绿的荷塘里盛开着一朵粉色的荷花。这件衣服如果搁现在,真算不得什么,可是在我年少的那段时光里,简直惊为"天衣"。

只可惜,那时候已是仲秋时节,天凉如水,所以我有些犹豫是否要穿这件衣服。

那件厚重的大外套是我妈亲手做的。我妈虽然不是裁缝，但一年四季，家里人的穿戴皆出自我妈之手。她像一只勤快的鸟儿，白天总在外面飞，总有忙不完的事，要忙田里的事、家里的事，只有到了晚上，才会在灯下做衣服、纳鞋底、织毛衣，缝缝补补，我常常在"嗒嗒"的缝纫机声中入睡。

我妈做的大部分衣服，虽然不会有城里姑姑送的花衣裳那么好看，但也不算太难看。可这件大外套又土又笨，现在这个时节穿着不冷不热，正好，就是有些太难看了。

一番犹豫之后，我选择了那件好看的荷叶衫。我妈不同意，说天气冷了，穿这么单薄会冻感冒的。我不屑，说："怕什么？再说，我是不会感冒的。"我妈皱着眉头，有些不悦地说："你这孩子，太不听话了，这么任性，将来早晚会闯祸的。"我也生气了，梗着脖子说："一件衣服而已，怎么就扯到将来了？将来的事，将来再说。"

我妈当然拗不过我，于是，我穿着那件"天衣"去亲戚家里坐客。亲戚打量我半天，说："这孩子，穿这么少，别冻坏了。"我在亲戚的目光里无处藏身，虽然她的话说得和软，但目光里却有一丝隐隐的不以为然，仿佛我是个小傻子，连冷暖都不知。

天冷，风大，我心中又有气：她凭什么这样轻视我？她凭什么用那样的目光看我？到底是在亲戚家里，心里不平又不好发作，回到家就感冒病倒了。我妈忘记了先前的不悦，为我熬姜汤、煮稀粥、测体温，忙前忙后,还用苏子叶煮了水,逼我喝下去,说是治感冒。

我妈坐在床边唉声叹气,大约想数落我几句,又不忍心。我不敢睁眼看她,因为"天衣",我感冒了,因为感冒,我好几天没去上课,本来成绩就中不溜,这下要落到尾巴尖上了。

这在我妈看来是天大的事情,是不可饶恕的事情,我不知道该怎样才能蒙混过关。为了不让我妈伤心难过,虽然头昏眼花,我依旧捧着课本歪在枕头上苦读,还时不时地偷偷瞅瞅我妈,看看她老人家心情好点了没有。

多年以后,回眸这段时光,我在岁月深处看到一个穿着荷叶领"天衣"的少女,站在镜子前左顾右盼的臭美模样,还有那一副气鼓鼓、愤愤不平、受了折辱的样子,我忍不住笑了。也许当时那个亲戚并没有轻视我,那只是我自己对自己的抗拒,自己对自己所谓审美的怀疑,一切都是心情使然。事情过后,我为自己在天凉如水的季节穿着一件薄薄的小衫而感到懊悔,最要紧的是,不该让我妈生气。

那时候,我并不懂得,在对的时间、对的地点穿对的衣服才是美。美丽"冻"人,真的算不上美。

唐诗宋词里的金句

我爱唐诗,也爱宋词,爱到不忍释手。素常将诗词置于枕畔,夜里辗转无眠时拿起来读上几句,读到令人击节称赏的好句,会忍不住兴奋。说起诗词,不禁勾起多少前尘往事,在心中千回百转,一幕幕回放。

唐诗大气,磅礴而飘逸,有震古烁今的气势,呈阳刚之美;宋词婉约,清丽而唯美,如夏夜里的几缕清凉月光,阴柔且含蓄。闲暇时光,我喜欢读唐诗或宋词,仿佛那诗、那词是生活的一部分,像伴侣一般,眼神温润,安静契合。于是,我忍不住笑起来,要多爱才会念念不忘?要多爱才会形影不离?

一首好诗或一首好词,能够让人过目不忘的,能够被记住的,能够触动内心深处那根最柔软心弦的,能让你会心一笑,能让你醍醐灌顶,甚至能让你的心微微刺痛的,最多也就那么几句,或者只是其中一两句。就是那些画龙点睛的神来之笔,带着隐隐的金线,闪着微微的光芒。

我喜欢这些金句，还有什么比喜欢更让人不顾一切的呢？遵从本心，自由取舍，快乐地生活是一种权利。也只有活到一定的年龄才会懂得，简单自在的心境是何等重要，不伪装样子去喜欢，不为功利去喜欢，只是单纯地因为喜欢而喜欢。

有人喜欢种花养草，看到花草葳蕤茂盛便会心生欢喜；有人喜欢旅行、美食，看到美景或美食便来精神；有人喜欢运动养生，遵从有规律的生活起居，心中便会安宁静好；有人喜欢逛街喝茶，闲散随意，又何尝不是一种放松的方式？而我喜欢唐诗宋词里的金句，闲来无事读上两句，自是赏心悦目，觉得找到了快乐的方向。其实，所有的喜欢都一样，能寄情怡性，讨自己欢喜而已。

唐诗大气，读起来那叫一个过瘾。我最喜欢的诗人当然是李白，他的诗字里行间风流洒脱，浪漫不羁，雄浑奔放，自成一格。其身兼隐士、道士、侠士、策士等多重气质，杜甫说他"笔落惊风雨，诗成泣鬼神"，他给人们留下诸多千古不朽的名句。

诗仙李白的金句实在太多了，他的诗用他自己的句子去形容最为贴切："清水出芙蓉，天然去雕饰。"除了诗仙李白，初唐"四杰"，盛唐时期的杜甫、王维，中唐时期的白居易、元稹，晚唐时期的温庭筠、杜牧、李商隐等，都曾留下熠熠闪光的金句，读起来令人口舌生香，怀想无限。

宋词大多是长短句，大约是为了便于歌唱的缘故。年少时，我是李清照和南唐后主李煜的粉丝，喜欢其华丽、缠绵、凄美的风格。年龄渐长，不知不觉中开始喜欢苏轼，喜欢他词句中流露出来的豪放，喜欢他诗词中诱人的美食，喜欢他旷达通透的三观。

苏轼是一个不大得志的人，一生仕途坎坷，好在他是一个能够看得开的人，一路走，一路写，一路吃，笔下的金句多得数不清，每一句都似珍珠，莹润光滑，令人爱不释手。宋词中，无论是婉约派的柳永、周邦彦、晏几道，还是豪放派的辛弃疾、欧阳修、王安石等，都曾留下无数脍炙人口的金句。浪里淘沙，能够被人们记住和传诵的，自然都是千古不朽的金句。

在浩渺如烟海的唐诗宋词中，脍炙人口的金句俯拾皆是，茶余饭后的闲暇时光里，在唐诗宋词的世界里窥见一斑，觅得几分妙韵，慰藉心灵，倒也是自得其乐，美事儿一桩。

放牧一朵云

我在一个看不见云朵的城市停下脚步,灰蒙蒙的天空低垂下来,憋闷和压抑不知从哪个角落跑出来,悄悄地偷袭了我。我有些沮丧地坐在小旅馆里,被子湿漉漉的,床湿漉漉的,衣服湿漉漉的,人也湿漉漉的。才出来两天,我就开始想家了,准确点说,是想念澄净瓦蓝的天空中忽而来去的白云。

家在北方,每当我走在乡间的小路上,只需稍稍一抬头,便能看到天边堆积的云朵,它们离我那么近,仿佛触手可及,仿佛伸手可摘。那些云朵像淘气的孩童一般,自由自在地玩耍,无忧无虑地游戏,一朵来,一朵走。

白白的云朵下面,群山起伏,田野苍苍,人在田野里行走,宛如一只只小小的蚂蚁。散落在山间的石屋房舍掩映在翠色之中,和露珠、花朵、小鸟一起,与泥土相偎,与云朵相依。

天空总是又高又远,蓝得像镜子一般,那些云朵总是很调皮,忽而化身成一只只白鸽,展翅欲飞;忽而变幻成一朵朵棉花,温软轻柔;有时候会变成一团棉花糖，让我浮想联翩，咬一口，会不会很甜；有时候又如万马奔腾，不知要跑去哪里；有时也会像雨后的小蘑菇，一朵一朵爆开，仿佛带着"嘭嘭"的声响。

云朵的心事，只有天空知道。它们总是心无旁骛，飘啊飘的，淡淡的，静静的，一会儿卷，一会儿舒。它们的身姿、它们的形态，无时无刻不在变幻。有时候会从悬崖往下飘，然后便没有了踪迹，我怀疑它们是藏进了山洞；有时候从山林飘过，然后便静止不动了，我怀疑是被树枝扯住了手脚。

夏天的云朵垂得很低，总是喜欢偷偷地流泪。雨丝落入江河大地，花朵张着小嘴吮吸，草木更加丰茂，田野里的庄稼更是拼命地拔节，绿意在叶脉里滚动，仿佛随时会滚落下去。而我在涨满水的小河里瞎扑腾，像一条尚且不会游泳的小鱼，那些云朵便在小河里聚了又散，散了又聚，碎成一河白花花的棉花。

秋天的云朵最美，我喜欢追着天上的云朵跑。有一回，我和小伙伴追着一朵云跑，他说那朵云像马，我说那朵云像羊，跑着跑着，谁知那朵云变成了一团棉花糖。

小伙伴的"马"不见了，他摔倒了，才发现脚上的鞋子不知道什么时候跑丢了。而我，也是跑到山根底下才发现，我的小伙伴不见了，我的"羊"也不见了，它幻化成一只鸟，飞入了山林。我仿佛看见那只鸟的羽毛在阳光下闪着好看的光芒，我又好像听见鸟的叫声，那声音清泠悦耳。

我们都是爱做梦的孩子,清秋时节,我喜欢躺在山坡上看云。嘴里衔着狗尾巴草,发梢绑着野菊花,闻着花草的清香,听着草丛里的虫鸣,看着天上悠闲的云朵,年少的心追随着天空中的云朵驰骋。

天空中只有云朵在飘,我忍不住会想,它们飘去哪里了呢?是山外面的世界吗?我不禁感叹,云朵真自由,想去哪里就去哪里,无论是身处繁华还是荒芜,它们都会保持一个姿势,闲庭信步,宠辱不惊。

看云的时候,整个世界好像一下子安静下来,不用听父母唠叨,不用听老师批评,不用写作业,甚至那些和小伙伴们一起疯闹玩耍的游戏,此时也失去了诱惑力。我躺在山坡上,看着天上飘来移去的云朵,听着自己的心跳,我是在长大吗?我好像忽然有些不认识自己了。

冬天的云朵不知道都躲到什么地方去了,光秃秃的山林透着寂静,白晃晃的河流失去了往日喧嚣,空中偶尔飘过一朵云,那是天空写给大地的诗行。我坐在窗前看书写字,咬着笔头怀想,悄悄等一朵云来访。我喜欢能看见云朵的地方,因为有云朵的地方才有梦,能触摸到蓝天,能感受到灵魂的真实存在。

有一年,去杜尔伯特,坐在颠簸起伏的车里,像在海上漂着一般。辽阔的大草原一望无际,草色青青,繁花点点,远远地看着,有牧羊人赶着羊群在草原上缓缓地移动着,如同赶着一朵朵飘浮的白云。

我的心忽然间就被感动了,我想起一个词:牧云。

山还是那座山，河还是那条河，山河依旧，故乡不老。故乡没有辽阔的草原，却别具秀色，山间的白云一朵朵来，又一朵朵走，就像那些追赶云朵的孩子，一个个长大了，又一个个飞走了，然后又有了新的牧云者。

　　放牧一朵云，是每个孩子在成长过程中最快乐的事情之一。

落日之美

　　黄昏,我坐在落地窗前,看见一枚橙红的"蛋黄"悬挂在远处的塔尖上,像一颗巨大的宝石,带着暖调的光芒缓缓向天边滑落。黛青色的云,一片片的,仿佛被撕裂了似的,一点点地被霞光慢慢点燃。

　　我呆呆地望着那枚"蛋黄",它似乎被塔尖挂住了,脚步迟缓凝重,舍不得一下子沉坠下去,慢腾腾的,一点点沉没,最后哪怕不见了踪影,依旧能让人感受到它的光芒。

　　从火红、深红到暗红,那红变幻莫测,充满玄机。微光从楼群的缝隙中漏出来,整个城市像一幅逆光拍摄的照片。在光与影的交错中,庞大的建筑群、飞翔的鸽群都披上一层神秘的轻纱,建筑物的投影被无限拉长,"蛋黄"慢慢收拢了最后的余光,好一幅"落日熔金,暮云合璧"的景致。华灯初上,街道明亮起来,经过光明与黑暗的交替,城市换上了另外一副面孔。

　　我不禁唏嘘,落日如此之美,美得炫目,美得魅惑,美得令人窒息。同是一个太阳,在不同的地方、不同的时间,会有不同的美,带给人不同的感受，落日就是这样有魅力。

有一年，我跟朋友自驾游，沿高速公路一路向西行驶，正是暮色四合时分，天边铺满鳞片状的云，由黛变青，由青变白，由白变金。落日之前，金色的夕阳极为耀眼，我坐在车里，只觉得田野、阡陌、树木纷纷向后闪去，而我正向着太阳落下去的地方飞翔。我屏住呼吸，感受落日独有的惊心动魄之美。

有一次，在旅途中，我有幸看到腾格里沙漠的落日。黄沙滚滚中，一轮硕大的红日挂在西边天际。起先，那轮浑圆的落日苦苦挣扎着，不肯落下，一半埋在沙子里，一半裸露在天空中，发出柔和的暗红色光芒，并不刺眼。一队骆驼行走在太阳落下去的那片沙丘上，驼峰凸起，形成一个个逆光的剪影。不远处，黄河正以苍茫壮美之姿，泛着金光，奔腾而下。大漠、孤烟、黄河、落日，有一种沧桑的壮阔之美，看得我心旷神怡。

我也曾站在杜尔伯特空旷的草原上，以虔诚的姿态望着太阳落下去的方向。风带着哨音从耳畔呼啸而过，羊群像跌落的云朵，匆匆忙忙地走在回家的路上，太阳像大红灯笼似的挂在远处的山脊上，落日时分的草原变得极其温柔而恬静。金色的霞光中，我向着落日的方向，挥舞着手中的野花，觉得自己渺小得如同一只匍匐在草地上的小虫子。

我也曾在去旅顺的途中，停留在蓝湾小镇的渔人码头看落日。傍晚时分，落日的余晖洒落在海面上，波光粼粼，鸥鸟在天空中低旋盘桓，一艘艘渔船在晚风中归航入港。静谧的码头上，游人、做生意的小贩、年轻的情侣沐浴在夕阳中,每个人都像被镀了金一样,美得炫目。我爱这半岛的海风,更爱这海边的落日,泛黄的光影中,有一种老电影的风情。

我曾经在各种地方看过落日,但最爱的还是故乡的落日。少年时,我骑着自行车去上学,来来回回要在一条乡间土路上骑行五六里,虽然会沾满一身的尘土,但早上可以看见日出,晚上可以追赶落日,也是一种极美的体验。

丘陵的地势高低起伏,我骑在自行车上随曲线而行,忽高忽低中看到的落日也不尽相同。春天,在低矮的秧苗中看落日,尽是田野风情,炊烟、农舍与落日相映生辉,别具情趣。冬天,在裸露着背脊的大地上看落日,光溜溜的树木,这儿一棵,那儿一棵,孤零零地站立在旷野上,一群群飞向山峦的麻雀,在落日余晖的映照下,仿佛要飞进太阳里,别具一番诗意之美。

有一次,我在乡间的土路上看见一位老者,头戴斗笠,手里牵着老牛,慢腾腾地走在木桥上。落日的余晖里,他的身影被拉得很长很长,那头牛仿佛也被不小心点击了放大键,就连老者手中的绳子仿佛也在晃晃悠悠。看到这样的画面,我的心莫名地温热起来。

每个人的心中都有一个不一样的故乡,都有一轮不一样的落日,一直悬挂在那里,那是心中永远的日不落。

第五辑

把阳光带回家

给生活一张笑脸

记得刚结婚时,我在郊区的货物中转站旁边租屋而居,旁边有一家小食店,那时候我不会做饭,所以经常去那里吃饭。

老板娘不年轻了,说一口土话,背有些驼,但干起活来手脚麻利,迎来送往,笑意盈盈,对每一个人都以笑脸相待。

黄昏散步时,我喜欢去她家的小店坐一会儿,喝一碗粥,吃两条烤得焦黄的小咸鱼,再来几片烤得黄澄澄的窝窝头,听她讲一些陈年旧事。

有一次,下雨天,我去她的小店喝粥,遇到一个中年男人也在喝粥,吃烤得香喷喷的小咸鱼和烤得黄澄澄的窝窝头。谁知他被鱼刺卡住了喉咙,咳嗽得惊天动地,弯着腰,像一只大虾米。好不容易平息下来,说了一句话,让人大跌眼镜。

他强词夺理地说:"老板娘,你烤得什么破鱼啊?刺也太多了吧?看把我卡的,差点进了医院,饭钱就不付了!"我有些生气,一个大男人,吃了人家的鱼,喝了人家的粥,居然还想要赖不给钱。

我刚想上去与那个男人理论一番,被老板娘一把抓住手腕,她笑着说:"我的鱼真不懂事儿,卡住你了,你赶紧去医院看看,什么钱不钱的,再说吧!"

男人脸上红一阵白一阵,还想要说什么,欲言又止,匆匆而去。我义愤填膺地说:"您老都这么大年纪了,开个小吃店容易吗? 他还想白吃白喝,你干吗放他走?"

老板娘笑了笑,说:"他可能是摊上什么难事儿了,不然,这么大的人,谁不要脸啊? 人这一辈子,谁都保不齐会遇到什么沟儿坎儿的,不就是一顿饭吗,不用大惊小怪的。"

老板娘说得很平静,我却为自己的小心眼儿感到有些难为情。我看着眼前这个女人,确切点说,是一个老太太,她年纪很大了,脸上沟壑纵横,可是她脸上的笑容却很灿烂,照亮了那间有些狭小破旧的小粥铺,让我想起迎春花,虽然花朵长相普通,但依旧笑傲春风,给春天送去温暖。

年少时,读三毛的《倾城》,里面有一句话,让我感动很多年,她说:"那时的我,是一个美丽的女人,我知道,我笑,便如春花,必能感动人的——任他是谁。"

真的是这样,一个人不管有多老,不管有多丑,只要有一脸生动美丽的笑容,便能温暖别人,温暖世界,温暖自己。

我想起读高中时,班里一个并不漂亮的女生喜欢上一个单眼皮的男生。她偷偷给那个男生写的情书不小心被班里一个调皮的男生偷出来,当着全班同学的面大声朗读。面对那样尴尬的场面和气氛,我以为她会哭,谁知她却笑了,落落大方地对全班同学说:"我不漂亮,但我有喜欢的权利,也有爱的权利。"

我想起那一年,在春运的火车上,遇到一位年轻的女子,她的钱包被人偷了,下火车连坐汽车的钱都没有。我想安慰她几句,可是这个素昧平生的女子却笑了,反过来安慰我说:"不就是几张钞票吗?没关系,钱没了咱再去挣,没钱坐车,我就走着回家。"

我想起一个朋友,一辈子省吃俭用,攒了几十万的身家,结果被人忽悠,拿去投资,到头来血本无归。他大病一场,头发一夜之间全白了,那可是留给儿子结婚用的钱。我以为他的太太会埋怨他,和他吵架闹离婚,他太太却说:"人都有糊涂的时候,不能因为这件事情再给他添堵了。"

我想起很多事情,想起过往生活中的每一张笑脸,那些灿烂的笑脸温暖过苍凉寂寞的人生,温暖过冰冷彻骨的世界。

是的,我笑,便如春花,必能感动人!

一粒粮食的抵达

一粒粮食，经历了春的孕育、夏的成长、秋的收获，在水与火的交融中，有了质的转变与飞跃，从而华丽转身，抵达餐桌，成为舌尖上的美食，不仅滋养身体，还丰盈灵魂。

春天，绿意如泼墨一般层层洇染，给大地披上一层薄薄的绿纱，天光云影里，布谷声声中，农人开始忙碌农事，正是春耕播种的时节。

一粒种子被撒进泥土，要忍受寂寞，耐住孤独，只待一场春雨，种子便在泥土中孕育生机，兀自努着小嘴，拱出地面，蜕变成一棵棵秧苗，在春风中欣然地看着这世界。

风，在田间滚动，在一行行秧苗间穿行，这些小小的秧苗扭动着身子，拼命地吮吸阳光、雨露，拼命地生长、拔节，舒展腰身，欣然地随风起舞。

夏天，阳光火热地亲吻着大地，在一片密不透风的蝉鸣声中，父辈们脖子上系着毛巾，一边锄地，一边擦汗。

一棵棵秧苗长成一片片庄稼，婀娜多姿，蔚为壮观。农人在田间辛苦劳作,累了,便在地头休息,拄着锄头,趁喝水的间隙眺望庄稼。这些庄稼像士兵一般,一排排,一队队,整齐从容,精神抖擞,直看得农人脸上绽开笑容,心里装满得意。

天太热了,汗珠"吧嗒吧嗒"滴落到地上,庄稼地里更是密不透风,就像桑拿房,闷热难耐。农人弓着身子在田间锄地,心情却是愉悦的,因为他们懂得,秋天的果实都是在夏日里孕育的。

秋天,暑热渐渐消退,额头上的汗意渐渐隐去,凉意渐至,天地间金黄一片。庄稼成熟了,米良为粮,颗粒归仓。

新收的粮食堆在屋顶,储在粮仓或场院,父辈们守着那些堆得像小山一样的大豆、苞谷、高粱,眼睛里写满笑意,心里装满踏实,胸脯起伏得如大海一样,我知道他们在想什么。

埋下一粒种子,就是播下一个希望。一粒粮食从春天出发,经历了漫长的春、夏、秋三季,经历了播种、浇水、施肥、除草、收获等时序,最终走到秋的眉间。时间像一根藤,一连串的辛苦劳作之后,只希望能结一个又大又甜的果。

我的父辈们祖祖辈辈都生活在这片土地上,春播、夏耕、秋收,年复一年,日复一日,将所有的深情都交付给这片土地,将所有的期望都寄托给一粒粒粮食。人与庄稼毗邻而居,默默地遵循着一方水土养一方人的古老契约;人和庄稼,像亲人,像朋友,这是永恒的话题。

外祖母在世时,每年秋天收获之后,她都会领着一群孩子,端着小钵、小盆、盛水用的瓢等家伙什,去田间捡拾遗漏的粮食。外祖母脚如三寸金莲,行动不便,但是每年秋天,她一定会去田间地头捡拾粮食。她常说:"粮食金贵,不能浪费,糟蹋粮食是要遭天谴的。"

小时候,常常不知道自己能吃几碗饭,盛饭盛多了吃不完,外祖母会把剩饭倒进她的碗里,有滋有味地吃下去。吃饭自然也是不许掉饭粒的,如果不小心把饭粒掉到桌子上,粘到衣襟上,或粘到脸蛋上,外祖母就会伸出食指拈起来,塞进我嘴里。只要我稍有躲闪,外祖母便会说:"浪费粮食会遭雷劈的!"

敬畏每一粒粮食,是外祖母最朴素的愿望。"粮食"这两个字包含了麦、豆、稻、粟、黍、苞谷、高粱等。一粒粮食,远涉千山万水,历尽种种磨难,然后洗去一身风尘,抵达我们的餐桌,慰藉我们的肠胃,滋养我们的生命,最终完成使命。

每一粒粮食都包含着农人的辛劳和汗水,它能照见我们的卑微和渺小。对待一粒粮食的态度,能折射出一个人的良知和修养,我们咀嚼的不仅仅是粮食,也是山河大地和苍茫岁月。

父亲的藏品

父亲有一只灰绿色的帆布旅行箱,现在看起来样式老旧落伍,但遥想当年,这只灰绿色的帆布旅行箱跟着父亲走南闯北时,一定很时髦。父亲军人出身,曾拎着它南下苏州,北上黑龙江,转战南北。

从记事的时候起,我就对这只箱子印象深刻,父亲用一把小锁头把这只箱子锁得紧紧的,每次我想打探一下里面有什么东西,都无从下手。这么多年了,父亲一直没舍得丢掉它,每一次搬家都把它当成宝贝一样搬来搬去。

近些年收藏热,三叔家豁了嘴的旧花瓶,据说是前朝的古董,从前摆在柜子上,没人当回事儿。二大爷家给狗喂食的铜盆,据说是价值不菲的宝贝,这不,已经擦干、抹净、包好,搁起来了。最要命的是,大姨家不知在哪里倒腾出一张破画,边也毛了,款也不全,据说是名人字画,全家人乐得吃了好几天的馆子,说是要好好庆祝一下。

我回家看着父亲乐,父亲被我盯得有些发毛,说:"你看着我傻乐什么?"我说:"人家都发现古董了,您没仔细瞅瞅,咱家就没有什么宝贝？够我几辈子吃不完穿不完，您老可就造福后代了。"

父亲被我气得乐了，说："你这脑子里整天都装些什么啊？大白天做什么春秋大梦？我这一辈子，一身正气，两袖清风，古董没有！"

父亲这人就是这样，有点轴，有时候去旧物市场溜达一圈，一件宝贝都没淘到，路上捡了一个螺丝钉却被他当成宝贝一般，回家找一个小盒子装好，说是以备不时之需。

父亲也喜欢收藏，却和别人收藏的东西不一样，他老人家不以增值、研究为目的，而是喜欢收集一些与生活息息相关的东西，以备不时之需，比如一个掉了瓷的茶缸、一枚生了锈的钉子、一颗孤单的纽扣，诸如此类，都是一些扔了都没有人捡的东西。

这几年，他老人家还喜欢收藏塑料袋，各种类型，各种款式，各种颜色，分门别类地整理好，码放整齐，装成一袋一袋。每次我们姐弟回家，临走时父亲都会送上一包塑料袋作为礼物，而且振振有词："这些塑料袋都是你们回家时装东西用的，干干净净，又没坏，用着方便。"

父亲说得义正词严，他说没有古董，我只好启发他："您那只帆布箱子里就没藏着什么宝贝吗？就算没有名人字画、珍宝文物，难不成还没有几件小玩意？"父亲笑着说："你在这里等着我呢？看来我不给你看看，你是不会死心的。"

我知道父亲不会有什么古董宝贝，也不会有什么名人字画，甚至金银玉器、纪念币都不会有。父亲一生节俭，两袖清风，我只是有些好奇,他的帆布箱里到底有些什么宝贝,是日记本、旧情书、军功章,还是别的什么呢?

父亲打开他的帆布箱,一样一样看过去,我傻了眼,全是我们姐弟小时候的东西,时光仿佛倒流一般。箱子里有几支我们小时候用过的钢笔,有的早已坏了、漏水,写不出字;有我们小时候戴过的红领巾,有两条早已褪了颜色,不再鲜艳;有我们小时候看过的小人书,封皮都没有了,父亲还珍藏着;有弟弟小时候玩过的木头手枪;有妹妹束头发用的红头绳;此外,还有我们的学习成绩单、三好学生奖状、检讨书。诸如此类,都被父亲当成宝贝一般收藏着。我还看到了我们小时候做的蝴蝶标本,我都忘了是老师教我们做的,还是父亲陪我们做的。那些蝴蝶煽动着七彩的羽翼,在时间的定格中栩栩如生。

父亲合上他的帆布箱子,我呆怔半晌。父亲的帆布箱里没有古董字画,更没有情书印章。父亲的帆布箱里收藏的是我们一路成长的美好记忆,收藏的是我们年少的小时光。

接　旧

　　小广场的樱花树下，站着一个穿着时髦的女人，复古的雪纺上衣，高高的领口有层层叠叠的荷叶边。长长的印花长裙，色彩艳丽，裙摆上挂着飘逸的流苏。头上戴着夸张的大草帽，手里拎着草编的包包，脚上穿着草编的鞋子。身材高挑，背影纤秀，秀发卷曲，一身波希米亚风热情奔放，透出几分不羁与野性。

　　我看了一眼，忍不住又看了一眼，这是哪里来的时髦女郎呢？看了几眼之后，终于发现，这不是前几天刚搬来的新邻居吗？这身装扮哪里都好，就是略微有些与年纪不相称。

　　她叹了口气，无奈地说："这都是我女儿的衣服，穿过两回就不要了，我舍不得扔掉，所以只能拿来穿。"

　　我恍然，原来是接旧。

　　人不如新，衣不如旧，接旧本是常见的事。下楼溜达，坐地铁，常常会看到一些上了年纪的人，穿一些与年龄、气质不相称的新潮衣服和款式夸张的鞋子，背时尚的包包，整体风格不搭，显得突兀扎眼。

接旧不是什么新鲜事儿,小时候我也曾接过旧。那时候生活拮据,大多数家庭都是哥哥姐姐穿完的旧衣,弟弟妹妹再接着穿,只有过年时才会买一身新衣,所以哪怕是接旧,也是很欢喜的事儿。

年少时,妹妹个头窜得快,和我差不多高,所以我们彼此没有接过旧,买衣服必是她一件我一件,她紫色我红色,她蓝色我绿色,像双胞胎一样,哪怕衣服穿小了,底摆接上一圈,都是一模一样的。

母亲尚俭,心思细巧,新三年,旧三年,日子过得滴水不漏。印象最深的是有一年春节,母亲给妹妹做了一件玫紫色灯芯绒外套,给我做了一件橘红色灯芯绒外套,样式新颖,宽摆的娃娃衫样式,我和妹妹喜欢的不得了,连晚上睡觉都压在枕头底下。后来衣服穿小了,母亲便在底摆处接上一圈黑色的灯芯绒。我们将衣服穿去学校,想不到引来很多同学仿效。

真正的接旧,是一件淡绿碎花的夏衫,丝绸质地,大大的荷叶领上镶有粉色的花边,简直太漂亮了,与那些土气的灰黑有天壤之别。那是二表姑带来的,她是知识青年,是大城市里来的姑娘,梳两条麻花辫,哪怕是一件普普通通的小翻领衣服,她也能穿出不一样的风情。她不仅娇气,而且洋气,连说话都和我们不同。

那时候,我觉得她就像一股清新的风,把我们吹得东倒西歪,迷失了方向。我常常会摘几个豆角,拿几根黄瓜,采一把野花,或者找一个蹩脚的借口去找她。她常常和几个青年男女在一起,唱歌、吹口琴、读诗、讨论人生。我站在旁边静静地听一会儿，虽然听不大懂，但我知道，那是一群有故事的人。

偶尔，她会送我几本旧书，比如《钢铁是怎样炼成的》，或者送我几件旧衣。我对她的世界和生活充满向往，一本旧书是一段旧时光，一件旧衣也可能有一段故事，接旧仿佛是偶然间打开的一扇小窗，使我看见一个全新的世界。

时光悠然而逝，生活越来越好，接旧的人越来越少，许多人想买啥就买啥，喜欢的东西就拿来用一阵子，不喜欢了就丢在一旁。北宋司马光说："众人皆以奢靡为荣，吾心独以俭素为美。"尚俭是一种美德，物尽其用是一个人的修养和底线，哪怕是接旧，亦不丢人。

收藏光阴

　　回乡,在舅舅家的仓房里看到很多旧物,比如经年不穿的蓑衣、早已失传的斗笠、先前耕地用的犁、耪草用的耙子、晒东西用的笸箩、纺线用的纺锤等,看得我眼花缭乱。很多旧物占据着屋子的半壁江山,且大多数都是用不上的,安静地待在角落里,落满灰尘,仿佛被时光遗忘了一般。

　　舅舅年纪大了,走路都不稳,哪里还能拿得动那些家伙什?蓑衣斗笠早已落伍,即使在乡间,也早已没有人用这样的雨具遮风挡雨。舅舅舍不得扔,满眼都是眷恋,说是留个念想。

　　舅舅是个长情的人,对人、对物都是如此。其实每个人都会有一些舍不得扔掉的旧物,哪怕满眼灰尘,哪怕再也用不上了,也舍不得丢掉。因为那些旧物见证过你的喜怒哀乐,见证过你的大好年华,伴随着你一路走来,成为记忆中最温暖的物证。

　　前段时间,我收到一张明信片,优美的岛国风光不禁让人心驰神往。看看明信片上的地址,我便知道这是小眼镜先生旅行时顺便寄回来的。算起来好多年都没有收到过明信片了，当然还有信。我说的是手写的那种信，带着纸墨的芬芳，有温润的质感，有烫手的温度，有铭心的记忆，有温情的故事。

光阴一页一页往回翻，回溯到从前的时光，常常会收到一些亲人、朋友、同学寄来的信件或明信片。那时候车马很慢，光阴很慢，读信是一个美好的瞬间，所以我会把收到的信件用缎带束好，放在书柜里，等到闲暇无事时，拿出来重读，心中会不由自主地生出温暖和感动。

从前的人们都喜欢写信，借着白月光给远方的亲人或朋友写一封有温度的书信，不一定有什么重大的事情，就只是喜欢写信时浓浓的思念，和读信时淡淡的喜悦。读完信后仍然舍不得扔掉，会一封封理顺好，收藏起来。那些记录着光阴的信件，如蝴蝶一般翩翩飞舞，最后落在我的书柜里。

整理旧物时，与一大摞旧影集正面相遇。平常忙得脚打后脑勺，根本想不起那些角落里的旧物，难得拿出来翻翻。我抚摸着那些影集，它们已经很旧了，有些甚至已经泛黄，带着时光的印迹。我的心动了一下，要不要把这些旧影集重新整理一下呢？做成电子相册或许会保留得更长久一些。

从前的人们都喜欢拍照片，很古老的胶片的那种，能留下一张照片是一件很不容易的事情。我一张张翻看，有外祖父穿西装的英俊面庞，有外祖母穿大襟小袄的娇俏模样，有舅舅们穿海魂衫的英姿飒爽，有父亲穿中山装的一丝不苟，有母亲穿小翻领列宁装的认真可爱，当然也有我和大眼镜先生结婚时的旅行照，还有小眼镜先生小时候的顽皮模样。为了利于保存，那些照片有的已经被重新翻拍过。

其实每个人都会有一些这样的宝贝，如信件、日记本、奖状、证书、徽章等，每一件旧物都是一滴闪亮的光阴，折射出往事的旧影。很多旧物一文不值，放在家里还占地方，可就是舍不得丢掉。并不是我们有多么舍不得那些旧物，而是舍不得那些金子一般的光阴，因为那些旧物和过去的生活有着千丝万缕的联系，会让我们想起往日种种，一个瞬间、一杯咖啡、一次重逢，欢笑与泪水，又或者是擦肩而过时的黯然伤神……

光阴这只小兽，并不顾及别人的感受，自顾自地一路向前奔袭，一路上给我们丢下很多旧物。我们像勤劳的农人，一件件捡起、一件件珍藏。其实我们都知道，我们收藏的哪里是旧物，分明是我们曾经美好的时光与年华。

人间小团圆

"天上月圆，人间月半，月月月半逢月圆。"北方人喜欢直接称中秋节为八月十五或八月节，是除春节之外最为隆重的一个节日，民间又称团圆节。

我喜欢"团圆"这两个字，特别是这个"圆"字，代表了圆润、圆满、圆融，想来没有残缺，才能称之为圆吧！圆，是中国传统文化的内核，就像《孟子》中所说的那样："凡物圆则行，方则止。"世间万物离不开一个"圆"字，所以"圆"字在我心中代表的是幸福。

三秋过半为中秋。相对中秋节而言，我更喜欢"团圆节"这三个字，有凡俗的味道，有烟火的气息，有美满的意蕴。中秋的大月亮下，一家人围坐在一起，吃过热热闹闹的丰盛家宴后，找个敞亮的地儿，一起祭月、赏月、闲聊。人间最温情、最动人的时刻可不就是当下这一刻吗？

早几天，中秋节的脚步刚刚一脚门里一脚门外时，便有心急的人开始准备八月节的吃食和拜月用的祭品。走在街巷里，会看到行色匆匆的妇人,一大早起床,慌里慌张地赶去早市,买最新鲜的时令蔬菜、水果,留着过节用。她们拎着大包小包,仿佛捡了大便宜似的,遇到有人打招呼,便停下脚步解释:"姑娘、女婿还有外甥要回家过节,所以得多买点,就是人老了,拿不动了。"听着好像多委屈,但那语调却分明透着欢快!

八月秋藕正当时,碧绿的荷叶上卧着白胖胖的莲藕,买几个回家,清炒、凉拌、煨汤都好。秋藕最是补人,且带着荷的清香;小粒的"玫瑰香"圆润饱满,甘甜多汁,似紫珍珠一般,惹人喜爱;长粒的"马奶提"玲珑剔透,清脆爽口,浅绿如玉,忍不住多食几粒;连枝的毛豆,用盐水煮了,又香又嫩,赏月时边聊天边剥食,省得闲了手脚;还有绿意盈盈的香梨,籽粒爆满的石榴,顶顶要紧的五仁月饼、莲蓉月饼、酥皮月饼,这些一样都不能少。大过节的,难得家人都回来了,大家聚在一起乐呵乐呵。

有巧手的主妇嫌买来的月饼不对心思,会自己动手做几款精细的小月饼,精致的月饼模子,考究的馅料,独家的工艺秘方,做出来的月饼保准别处吃不到。走在巷子里,满街都是月饼的香味,甜甜的,暖暖的,直往鼻子里钻。

八月节是一年中最好的辰光,天气不冷也不热,秋高气爽,月色分明,没有冬天呼啸疾走的北风,没有夏天肆意倾泻的雨水,静谧的夜空中流泻着瀑布一般的月光,清凉如水的秋夜里只有秋虫窃窃私语,声声唤着秋的小名。

银盘一般的大月亮从东方冉冉升起，月色溶溶，洒满院落，花影、树影叠在一起，在庭院或露台上摆上几案，上面供上各色时令果品，外加一碗清茶。所谓"清茶"，即白开水，据说是给玉兔准备的。

拜月是民间习俗，祈祷风调雨顺、五谷丰登。拜月仪式结束后，家人围坐在一起喝茶、聊天、赏月，分享瓜果月饼，共享天伦之乐。不管人间多少悲欢离合，这一夜都将其乐融融、合家欢乐。

传统节日中，春节是人间大团圆，除夕夜，无论你在哪里，如果有可能，都会赶回家中与家人团聚。八月十五是人间小团圆，这一夜，无论你在哪里，都会对着天上的一轮明月共享此时此刻。

"十二度圆皆好看，就中圆极是中秋"，天上月圆，地上人圆，花好月圆，国泰民安，最美人间小团圆。

把阳光带回家

新雨乍晴,鸟语花香,草木上顶着晶莹剔透的小水珠,折射出七彩的光线。一个小女孩蹲在树荫底下用手指画圈圈。明媚的阳光穿过树梢的缝隙,一朵一朵掉落到地上,形成一个个斑驳绚丽的光点,像一面面小镜子,明亮、晃眼。

我好奇心起,问她:"你在干吗?"

她稚声稚气地说:"我在收集阳光啊!我想把阳光装进瓶子里带回家。"

"把阳光带回家?这怎么可能?"我十分疑惑。

她坚定地说:"可以啊!我姥姥得了一种怪病,她怕冷,怕得很厉害,有了这些阳光,她就不用再害怕了。"

我的心刹那间被融化了,柔软得像天上的一朵白云。掉落在地上的阳光可以收集起来带回家,多么奇妙的想法,孩子的心性最单纯、最善良,她想用阳光温暖这个世界。

我也曾触摸过一些有质感、会发光的东西,比如生命、梦想、幸福,比如粮食、花朵、草木，甚至是困苦、磨难和死亡。小时候，我也曾触摸过一粒细小的砂子、一片轻柔的雪花，甚至是一枚落进水湾里的月亮，一路跌跌撞撞，渐渐丢失了天真的奇想，多了庸常的心境。一路走，一路丢，不知何时把触摸星辰的纯真和勇气都丢光了。

记得读高中时，我曾是一个孤独内向的孩子，没有出众的容貌，没有骄人的成绩，平凡得如同一粒砂子，拘谨木讷，不敢与人交往，不敢大声说话，几乎没有什么朋友，常常一个人躲在角落里发呆，被一些莫名其妙的阴霾笼罩着。

每个周末都是我最快乐的日子，我喜欢一个人去学校附近的小山上看日出或日落。我坐在山坡上，看见阳光把附近的山林、田野、草木染上一层明媚的金色，靓丽的光线如织锦一般铺满大地。

我坐在山坡上的一块大石头上，轻风吹拂四野，野花开得灿烂，鼠尾草轻轻摇曳，我闭上眼睛，和它们一起感受阳光照耀下的温暖。和煦的阳光犹如一股温热的暖流，瞬间席卷了我的身心，驱散了内心的阴霾和寒冷。我想起母亲的手也曾这般温暖、舒适，令人身心畅然。

阳光像一个小淘气，跳跃着，游移着，缓缓西行，如水一般，席卷了整个大地，席卷了我的眉梢、我的眼角、我的发际，漫过山丘，染过丛林，流过河流，浸透田野，把山下的小城温柔地包裹其中。

一抹黛青的云在天边聚拢，我看着太阳慢慢坠落下去，河流泛着银色的波光，我的小城变得肃穆默然，我扔掉手中的鼠尾草，身心轻快地回到家,内心的阴郁已远,阳光的余温尚在。

阳光最是无私,阳光之下,无一处偏漏。无论你在哪里,无论你身处怎样的境地,无论是穷困潦倒,还是富贵显赫,只要有阳光的地方,就能感受到温暖和光明。

母亲喜欢在阳光下晒被子,一朵一朵的阳光花把被子晒得柔软又暖和,有阳光的味道和温度;孩子们喜欢在阳光下奔跑嬉戏,欢声笑语飞抵云端,让我无端地心生欢喜;庄稼、花朵、草木,只有沐浴阳光,才会更加茁壮葱郁。站在阳光下,闭上眼睛,仍然能感觉到金灿灿的光辉,那些光像长了翅膀一般,在身边自由飞翔。

阳光一路追逐着风,追赶着雨,驱逐着黑暗,跨过千山万水,快乐飞翔。一路走来,没有人知道人的一生会遇到多少坎坷和磨难,我想起一句话:"天再高,也不要怕,只要踮起脚尖,就能触摸到阳光。"

是的,有阳光,我们还怕什么呢? 我也想像那个小女孩一样,把阳光装进瓶子里带回家。

第六辑

春天，一只蚂蚁上路了

弯路藏幽

宋人马远有一幅传世名作《山径春行图》，布局清雅简妙，线条柔和细致，画风自然唯美。画中远山近树，老柳如烟，更兼春色无边。但见柳下一人，右手轻捋胡须，左手挥袖展袍，面向远方。几枝桃花横斜逸出，几只小鸟在枝头跳跃嬉戏，柳枝轻拂，画中人携一小童，在春天的山径上踏歌而行。但见画中，山路弯弯，起伏不定，虚实相接，由近至远，目所不能及，渐次虚渺，终至渺不可见，延展成无穷的想象。看不见尽头的弯路小径，到底会遇到怎样的风景？不禁使人浮想联翩。

记得有一年秋天，和朋友们一起去爬凤凰山，大家兵分三路。一路人马坐缆车直接上山；另一路人马从凤凰洞爬上山；我和大眼镜先生分成一组，选择徒步绕行，手脚并用，向山顶进发。

坐缆车上山，好处是省力、快捷，从树梢上轻轻掠过，瞬间即抵达山顶，遗憾的是沿途除了大片红绿相间的树木，几乎再也看不到别的风景了，但却可以早早地在山顶上喝茶歇息，极目远眺，悠哉悠哉。

从凤凰洞爬上山，这条路径除了看不到风景，还有意想不到的危险。黑漆漆的山洞里，上有滴水，下有流水，脚下湿滑，且越向前走，越是陡峭狭窄，一不小心磕头碰壁也是常有的，到后来，风景没看到，倒成了深山探险者。

我和大眼镜先生选择了最笨的办法，弯路绕行，迂回前进，虽然曲折费时，但最终同样可以抵达山顶。弯路虽然绕远，但弯路藏幽，别有一番情趣，能看到许多意想不到的风景。

时值深秋，阳光明媚，照在身上有温暖如春的感觉。红枫似火，如天边的云霞一般灿烂。天空高远，时不时会有云朵掠过。远处群山绵延，奇峰异石，层峦叠嶂。更远处，田野一望无际，村庄掩映在绿树中，河流蜿蜒曲折，环绕四周。放眼四顾，开阔辽远，风光秀丽，令人有心旷神怡之感。

下山的路上，看着山下弯弯曲曲的河流，如白缎一般流向远方；看着山下弯弯曲曲的小路，慢慢消失在目所能及的尽头。我知道，再弯的河流，最终也会抵达大海；再弯的路途，最终也可以通向远方。世间哪有一条路是直来直往的？绝大多数都是弯路，就连黄河不也是九曲十八弯吗？

人生在世，不过是一辈子的事儿，从起点到终点，其实大家都一样，谁也不可能比谁再多活一辈子。过得精彩与否，都在过程里，一辈子你翻过多少座山，越过多少条河，穿破了几双鞋子，看过多少风景，都是因人而异，各不相同。

　　人生亦如赶路,捷径固然好走,却会错过好多美丽的"风景";探险之旅虽然刺激,但每日都提心吊胆,那不是生活的本来面目;蜿蜒小路虽曲折,却可以边走边欣赏路上的风景,丰富内心,充实灵魂,绕远些其实也不算太吃亏。

柿子熟了

晚秋,树叶都落光了,裸露出黑黢黢的枝条,看上去有一种苍凉拙朴之美。柿子树也不例外,树干嶙峋,枝条横斜,只是那些黑黢黢的枝条上挂满了"琉璃黄"的小柿子,一簇簇,一串串,在寒风中轻轻摇曳,在阳光下晶晶闪亮,宛如一盏盏小灯笼,照亮了晚秋的清冷与孤寂。

周末,我领小眼镜先生回娘家,我妈家的小区有很多这样的柿子树,楼前楼后,这儿一棵,那儿一棵,冷不丁瞅见,心里喜欢得不得了。小家伙见了便不肯上楼,绕着树左三圈、右三圈,恋恋不舍。邻人见了,便摘了一兜柿子,让我带回家给孩子吃。

那些柿子个头小巧,形状椭圆,内有硬核,而且大多都没有熟,拿在手里捏了捏,生硬如铁。小眼镜先生很惊喜,说这些柿子像小太阳一样晃眼。他迫不及待地拿起一个柿子吃起来,只咬了一口,便吐了出来,眉眼皱巴巴的都挤到了一堆,咧着嘴说:"又涩又麻的,不好吃!"

我笑着说:"柿子放几天,自己就成熟了。别着急吃,等熟了之后保管又香又甜。"我把那些柿子分成两堆,一堆放在窗前的地砖上,太阳暖暖地照进来,等待它们自然成熟;另外一堆放在米袋里,等待它们被米香催熟。

小眼镜先生对我的话半信半疑,每天放学回家都检视一遍,看看那些柿子熟了没有,可是每天都很失望。

三天后,米袋里的柿子有的开始变软、变红,用手一捏,软软的,吃一口,又甜又软,细滑黏糯,滋味美得能把人融化掉。俗话说"柿子专挑软的捏",小眼镜先生在米袋中翻翻拣拣,摸索了半天,挑了一个软软的柿子,一边吃一边问我:"柿子离开树以后,已经没有养分供给,它们是怎么成熟的呢?"

这个问题难住了我,柿子是怎么成熟的呢? 我猜想,它们靠自身集聚在体内的能量、储备的力气,拼尽全力褪掉青涩,走向成熟,变得完美。

天气越来越冷,放置在地砖上的柿子,有几个始终硬邦邦的,不肯成熟,不肯变完美,吃又不能吃,扔又舍不得扔。我打电话问母亲,母亲说:"别扔,千万别扔,扔了多可惜,我有办法啊! 你找一根牙签,在柿子上刺几个小洞,放在温暖的地方,保管过两天柿子就软了,就熟了。"

我依言而行,没过几天,那几个硬邦邦的小柿子果然软了、熟了,惊喜中又有些慨慨然,这几个柿子虽然最后熟了,但毕竟有些惨烈,以自身受伤为代价,这是成熟必须要付出的吗?

我想想不禁又笑了,谁又不是如此呢?摔了几个跟头,再啃点泥,爬起来,拍拍身上的土,然后继续往前走,不受点伤怎么能长大?

过了一段时间,我又领小眼镜先生回娘家,看见邻人的那棵柿子树,高高的树梢上依然挂着几个红彤彤的小柿子,像一团团小火苗,色彩艳丽,在风中飘摇。几只鸟雀在树梢叽叽喳喳,语调欢快,飞来飞去,盘旋良久,仿佛是偶然发现美味,招引同伴们前来分享。

小眼镜先生瞅着那几个红柿子发呆,我笑着说:"别看了,那是给鸟雀们留的。"柿子是大自然馈赠的果实,在天寒地冻的季节,草木萧条,寒风中,鸟雀们觅食困难,留几个柿子给鸟雀,既是一种风俗,也是一种分享,更是一种感恩。鸟雀自然也会记得你对它的好,等到来年春暖花开时,它们还会再来,虽没有果实可以分享,但可以给树捉虫。

看到鸟雀们饱食而去,小眼镜先生开心地笑了。

有一种人生,叫柿子熟了。

有一种美好,叫柿子熟了。

拜一棵树为师

一个初中模样的女生,在广场上画一棵树,她的画布上是一棵金色的银杏树,硕大的树冠如伞一样覆盖下来,金色树叶如蝴蝶一样四处飞舞,不蔓不枝,肃穆优雅,美不胜收。

很多人围观,她心无旁骛,画得很认真,很仔细,很美。我站在她身后看了一会儿,说:"你画得真好!"

她回头看我一眼,说:"银杏树是第四纪冰川运动遗留下来的最古老的裸子植物,不仅是珍贵的树种,还是植物中的活化石。不是我画得好,是银杏树太美了。"

我赞叹道:"你懂得可真多。"

她笑着说:"是老师上课时告诉我们的。树是人类的朋友,也是我们的老师,它扎根大地,拥抱蓝天,默然站成风景,沉静内敛。很多时候树比人强,它教会我们很多东西。"

很新奇的言论:树比人强。从一个小女孩的嘴里说出如此有哲理的话,令我惊奇。我看着她收起画板,起身离去。这个年纪大约正在上中学吧！我看着她的身影沐浴在金色的阳光中，像一株茁壮成长的小树。

人类可以在地球上诗意地栖居，一切皆因有树。俗话说："树以静以不言而寿。"这句话带给我们太多的启示，从树的身上，我们感知到生命的美好。

我没有画过树，却从小以树为伴。

老家的门前有两棵老槐树，从我记事的时候起，它们就默默地生长在那里，树干苍老虬曲，枝叶稀疏乏力。它们都是上了年纪的老树，可是每到春天，却拼尽全身的力气，尽情向天空舒展，发出新芽嫩叶。

这两棵老树也曾有过璀璨的年华、全盛的时光，它们开满一树的槐花，一嘟噜一嘟噜，一串一串，绿蒂白花，香满村庄。那时候，村人邻居都喜欢在门前的老槐树下乘凉，男人们在树下修理农具，女人们在树下纳鞋底，孩子们在树下玩乐戏耍。

老槐树长相平凡、普通，却像一位充满智慧的师者，张开臂膀，接纳众生；也像一位温润的君子，以荫凉赠予人间，默默地守望着家园，站成风景。

有一年我回老家，去看望那两棵老槐树，在我的心里，它们是师、是友、是亲人，有不可取代的位置。只可惜其中一棵早已踪迹全无，据说是一个雨夜，被雷劈断了主干，最后被连根拔起。

我想象着它在风雨中的坚韧和隐忍，树跟人一样，也会疼吧！季节交替,盛衰枯荣,谁都逃脱不了生死轮回。树也是,门前的老槐树,用它对大地的挚爱,给生命画上一个圆满的句号。

另一棵老槐树,枝叶稀疏,我发现在它稀疏的枝桠间又多了两个鸟窝。虽然它已老去,却仍然用自己并不坚实的身躯接纳了它们,任它们在光秃秃的枝桠间筑巢,用一根根草棍搭成一个温暖的家,娶妻生子,呼朋引伴,宴请宾客。

诗人说:"当你从头到尾弄懂了一朵小花,你就读懂了上帝和人。"人是会行走的植物,植物是默立不动的人。我想起在广场上画画的小女孩,她比许多人都懂得人跟植物的关系。

小溪以涓涓细流唱情歌,小草以绿色渲染季节的内涵,小鸟以柔弱的翅膀飞翔出傲人的弧线,石头以沉默书写着"力量"二字,而一棵树也有自己的语言和生活方式。

树,总是伫立不动,它不会像人那样,东奔西走,挖空心思地掠取自己想要的东西;树,总是默然不语,它不会像人那样,巧言善辩,舌灿莲花;树,总是仰望着天空和云朵,扎根大地,它不会像人那样,攀高踩低,俯视或睥睨。

"桃李不言,下自成蹊",以树为师,以自然为师,以万物为师,我们能学到很多东西。

小善行

黄昏,在微光里散步。

一个年轻的女子手里牵着一个三四岁的小男孩,站在草坪边上聚精会神地看着什么。我好奇心起,停下脚步看了一眼。原来是一只折翼的蝴蝶落在草地上,想飞却怎么都飞不起来,折腾得很痛苦。

小男孩皱着眉头问妈妈:"它为什么不能飞了?"

妈妈说:"它的翅膀断了,所以不能飞了。"

小男孩说:"我帮它飞吧? 不然待会儿大黄猫来了,准把它给吃了。"

大黄猫是小区里的一只流浪猫,孩子们都很怕它。我有些想笑,小孩子的想法就是奇怪,他怎么帮一只断了翅膀的蝴蝶起飞呢?

我左思右想,还没有想出所以然,只见这个小男孩伸出胖嘟嘟的小手,把那只折翼的蝴蝶捧在手心里,然后小心翼翼地一步步走到不远处一株低矮的木槿花下,踮着脚尖把那只折翼的蝴蝶放在一朵盛开的木槿花上。

他的母亲站在不远处的微光里,嘴角上翘,看得出很欣慰的样子。黄昏的微光把这对母子镀成一个美丽的剪影。

　　住在旧家的时候，小区里有一群热衷打太极拳的老人，其中一个老太太满头银丝，笑容可掬，每一项活动都很积极，太极剑、太极扇都舞得行云流水，像年轻人一样充满朝气。

　　那时候我刚搬去不久，跟那些邻居们还不是很熟，看见那个老太太心态开朗，衣着时尚，忍不住问她贵庚，她笑成一朵花儿，说："还不老呢，才七十出头。"我惊诧于她的乐观豁达，如果自己像她那个年纪时也能有这样的心态，岂不是美事一桩？

　　自此后，隔三岔五就能在小区的林荫路上碰到她。她推着轮椅，轮椅里坐着一个更老的老太太，大约奔百吧！她笑言，那是她的母亲，她几乎每天都会带老人家出来散步晒太阳，呼吸一下新鲜空气。她说："在老妈面前，哪怕自己再老，也是一个孩子，照顾她是自己应尽的本分。"

　　我一时无语，注视着她远去的背影，高挑、挺拔，穿着宽脚裤，戴着长丝巾，怎么看都不像七十多岁的人，是她的善良让她如此美好吗？都说有情怀的人自带光芒，果然不假，善良使她看上去更加舒服、养眼。

　　生活中，这样的小善行比比皆是；生活中也从来不缺少温情，而是缺少发现温情的眼睛。街拐角处修鞋的外地人，熟知附近大部分人家的事情：谁家的宠物狗走丢了，他帮着找；谁家的老人要过生日了，他帮忙提醒；谁家外出有事，钥匙会放在他那里；晚上他总会亮起一盏灯,给过往的人照个亮;看见谁家的宠物随地大小便,他会帮忙收拾,看见谁丢了碎纸片他会帮忙拾起。

古人说,积小善而成大德。做到"勿以善小而不为",滴水可以穿石,涓涓细流可以汇成江河。真正的善良,是当你经历了种种挫折和磨难之后仍然心存善意,善待自己,也善待他人,仍然能用一颗善良的心去面对这个世界。

小善行胜过大善念。

古人说:"一善染心,万劫不朽。百灯旷照,千里通明。"但是和小善行相比,即使再大的善念也不如日常琐碎中的一个小善行,把"善"字落实到切实可行之处,看得见,摸得着,而不是空泛地想想或说说而已。

有人说,这个世界上有三种东西是别人抢不走也夺不去的——吃到胃里的食物,存在心中的理想,记在脑子里的知识。我想说,还有一种东西也是别人抢不走夺不去的,那就是善良。善良是长在一个人骨子里、流淌在血液里"人性本善"的一面。

老子说:"上善若水,水善利万物而不争。"意思是说,人世间善良的最高境界无非像水一样,能够默默地滋润万物而不计较。我想说,"小善"亦如水,点点滴滴,润物无声,能涤去浮躁和尘埃;"小善"如一盏明灯,能瞬间照亮荒芜的心田。

春天，一只蚂蚁上路了

春日，我在郊野遇到一棵海棠树，彼时正值花期，树上开满了海棠花，一树的明媚妖娆，照亮了周遭的黯淡，全不顾及别人的心情，自顾自地盛开。

那个春日，花好，风软，四野是刚刚萌发的淡淡绿意，鸟鸣婉转，春光正好。我坐在海棠树下，心情却是从来没有过的糟糕和灰暗，回望走过的路，满满都是辛酸和眼泪；展望未来，茫然不知所措，似乎只剩下悬崖和峭壁，心情纠结矛盾得一塌糊涂。

一片小小的花瓣轻轻旋落在我的脚下，一只小小的蚂蚁顺着那片花瓣轻轻爬到我的脚上，准确点说，是爬到我的鞋子上。我的脚上穿着一双运动鞋，它站在船一样的鞋子上踟蹰片刻，也许是狐疑这是不是一个安全的岛屿，稍作判断之后，继续顺着我的鞋子慢慢往上爬。

这只小小的蚂蚁特别有趣，胆子也挺大，一路逶迤前行，时而心情畅然地踱着方步，时而神情慌张地顾不得择路，只要我稍稍动弹一下身体，它便机警地撤离，火速从原路返回，惊慌失措的样子，让人看了又好气又好笑。

春天，一只蚂蚁上路了。

我静静地盯着这只小蚂蚁看了半天，它一会儿在草叶尖上跳舞，一会儿在花瓣上荡秋千，一会儿又顺着树干奋力向上攀爬，忙忙碌碌，一刻也不停歇。我不错眼地看着它，不知道它会不会也像我这般，被心情左右，被情绪包围，会不会有沉入海底的窒息之感。

好多年都不曾这样盯着一只蚂蚁，仿佛能看出花来，以前总觉得没有这样的闲工夫。生活琐碎，工作忙碌，我仿佛一条小小的游鱼被丢进汪洋大海中，只能用尽全身力气不停地向前游弋。

年少时，我是一个内向寡言的孩子，和蚂蚁也能玩上半天。一个人蹲在矮墙边，看蚂蚁在蜀葵或野姜花上窜来窜去，在花枝上流连忘返。我拿一块小石头挡住它们的去路，或者觅一粒食物的残渣去诱惑它们。

有一次天空阴沉低垂，仿佛要下雨，一只小蚂蚁慌里慌张地往回走，我跟着它一起回家。它的家住在矮墙下面的一个洞里，小蚂蚁在洞口伸出长长的触角，仿佛雷达一般，逡巡一番，然后侧身挤进洞中。

我在洞口，看不见洞内的风光，等了好长一段时间，也不见什么动静，我刚想走，忽见一队蚂蚁排着整齐的队伍从洞中出来。我惊奇不已，这是要有什么大的行动吗？

它们出了洞口，一路向南，浩浩荡荡。不远的地方，有一段朽木横卧在那里,它们费了好大的力气才爬过那段朽木。我惊奇地发现,一只早已死去的大青虫躺在朽木边上,原来它们是为了觅食,才出动了这么大的队伍。

蚂蚁的世界我不懂,但它们对待食物的态度却令我钦佩,它们以集体的力量,托起那只比他们身体大无数倍的大青虫往回走,踌躇满志,踉跄的脚步中全是喜悦和满足。

春日,我坐在那棵开满花的海棠树下,我眼中黑色的春天在一只蚂蚁的路径中慢慢翻转。这小小的生灵为春天涂上颜色,它奋不顾身地徜徉在春天的景色里,全身心地感受春天、享受春天,我是不是也该倾听一下内心的声音,是不是不该忘记初衷?

我看着那只小蚂蚁一路攀上了高高的花枝,谁知脚下踩空,一不小心掉到地上,这一下可摔得不轻,我担心它有性命之忧,谁知它在地上休息了一小会儿,慢慢翻转过身来,又继续向树上攀爬。

我不禁感慨,如果我摔了一跤,会不会赖在地上躺一会儿呢? 蚂蚁虽小,一生都在诠释平凡,践行忙碌,但百折不挠。